나무의
기억

La memòria de l'arbre

나무의 기억

티나 바예스 지음
김정하 옮김

삐삐
북스

차례

내가 기억하는 몽블랑과 빌라베르에게

나르시스 몬투리올가 21번지의 버드나무에게

열광적인 애국자들에게 전쟁과 협상과
우리의 비석과 그들의 조각상을 준비하라고 하고
우리는 내 할아버지에 대한 이야기를 하도록 하자.
할아버지 이야기가 가장 중요하니까.

곤살로 M. 타바레스

1장

변화

클론

“물방울 두 개 같아.” 엄마와 할머니가 말다툼하면 할아버지는 이렇게 말했다. “우리는 다투는 게 아니에요. 언제나 이렇게 이야기하는걸.” 엄마와 할머니 모두 이렇게 대답했다. 그럴 때는 두 사람만 남겨 놓고 자리를 뜨는 게 상책이다.

이제 나는 물방울 두 개 같다는 말이 둘이 닮았다는 의미라는 걸 안다. 할아버지가 설명해주었다. 할아버지는 부모님의 서재로 들어가서 먼지투성이인 앨범을 들고나왔다. 나에게 엄마 나이 때 할머니 사진을 보여 주기 위해서였다.

“클론이네요!” 내가 말했다.

그날부터 엄마와 할머니는 ‘클론’이 되었다. 물론 엄마와 할머니는 모른다. 할아버지와 나에게는 몇 가지 비밀이 있다.

앞치마를 두른 할머니가 집 앞 돌 벤치에 앉아 있고 엄마가 분필을 하나 가지고 시멘트 바닥에 낙서하는 사진이 있다. 옆에는 거의 실제 크기만한 커다란 나무가 그려져 있었다.

“나의 버드나무란다.” 할아버지가 말했다. “언젠가 너에게 이야기해주마.”

아이

“조안, 아이를 데리고 가서 빵 좀 사오세요.”

‘아이’는 나다. 이제 할아버지에게 뭔가 일을 맡길 때면 언제나 내가 패키지로 들어간다. 그게 내키지 않을 때도 많다. 왜냐하면 놀거나 책을 읽을 때, 아니면 숙제를 할 때도 있기 때문이다. 그러나 몇 주 전부터 할아버지와 함께 가는 일이 어떤 일보다 중요해졌다.

“빵 사러 가는 것처럼 보여야 해, 잔.”

할아버지는 내 손을 꼭 잡고 거리의 이름들을 모두 읽으라고 했다. 우리가 지나치는 거리 이름을 모두 외우기를 원했다. 나는 이제 많이 컸고 곧 혼자서 세상으로 나가야 하기 때문이란다. 할아버지가 나에게 그 말을 할 때 숨이 좀 막혔다. 할아버지의 눈이 유리처럼 투명하고 멍하게 보였기 때문이다. 그런 눈은 한 번도 본 적이 없었다. 하지만 나는 할아버지 말대로 했다. 나는 언제나 할아버지 말을 잘 들었다. 그래서 우르헬, 보렐, 타마릿, 빌라도맛 등등 거리를 나타내는 대리석 표지판을 읽었다.

“가게들은 믿지 마라. 계속 바뀌거든. 바뀌지 않는 것은 거리뿐이야.”

그러고는 하얀 표지판에 쓰인 짙은색 글자를 바라보았다. 마치 집에 도착하려면 모든 표지판을 해석해야 하는 것처럼.

네 할아버지

"네 할아버지 오시라고 해라. 곧 저녁 식사를 한다고."

할머니가 '네 할아버지'라고 말하면 우리는 경계 태세로 들어가야 했다.

카테리나 할머니는 거의 항상 기분이 좋다. '거의' 말이다. 기분이 좋지 않을 때는 화살이 할아버지에게 날아갔다. 제일 먼저 할아버지에게 말을 걸지 않는다는 말이다.

"임금님, 저녁 준비되었어요. 아이를 불러요"라고 하는 날과 "네 할아버지 오시라고 해라. 곧 저녁 식사를 한다고" 라고 하는 날로 구분이 되었다. 두 번째보다 첫 번째 경우가 더 많다. 아니 더 많았다. 며칠 전부터 나는 매일 저녁 '네 할아버지'라는 말을 들었다.

그리고 두 클론은 거의 다투지 않았다. 주방에서 소곤소곤 이야기를 나누었다. 엄마가 정어리를 구울 때나 아빠가 양배추로 저녁 식사를 할 때처럼 주방 문을 꼭꼭 닫았다. 하지만 주방에서 새어 나오지 말아야 할 것은 나쁜 냄새가 아니었다.

문이 닫혀 있는 동안, 할아버지는 문손잡이에서 눈을 떼지 않았다. 눈 한번 깜빡하지 않았다는 말이다. 몇 초가 흘렀는지 시간을 세고 있었다. 시간이 흐르면 흐를수록 눈동자가 멍해졌다.

언제나 할머니가 먼저 문을 열고 나와서 급히 할아버지의 눈빛을 찾았다. 할아버지와 눈이 마주치면 할머니는 밝은 빛으로 가득 찼다.

시계처럼

조안 할아버지는 시계공이었다. "나는 아직도 시계공이야." 할아버지가 투덜댔다. 할아버지가 마을의 시계공이어서 빌라베르가 시계처럼 돌아간다는 말을 좋아했다. 나는 할아버지 말에 동의한다. 할아버지 말이 맞다. 그런데 궁금하다. 이제 할아버지 할머니가 빌라베르를 떠나 우리와 함께 사는데, 시골 마을이 다섯 시여야 할 때 정말 다섯 시인지, 아니면 일 분 일 분 시간이 사라지고 있는 건 아닌지 말이다.

할아버지가 웃었다. 이제는 할아버지가 필요하지 않다고 했다. 하지만 그건 사실이 아니다. 마을 사람들이 매일매일 할아버지에게 전화를 걸어 안부를 물었다. 할아버지가 통화할 때면 엄마와 할머니는 긴장해서 하던 일을 멈추고 무슨 이야기를 하는지 들었다. 나도 무척 긴장되었다.

할아버지가 전화를 끊으면 질문 공세가 시작되었다. 누구였나? 무얼 원했나? 무슨 말을 했나? 뭐라고 대답했나? 할아버지의 대답은 점점 더 간단해졌다. 커다란 의자에서 점점 작아져서 크리스털처럼 투명한 멍한 눈빛이 되었다. 그러면 두 클론은 주방 문을 닫고 소곤대기 시작했다.

두 개의 낱말

할아버지가 신문을 들고 있을 때면 더는 할아버지가 아니었다. 알 수 없는 표정으로 기사를 읽는 노신사였다. 나는 그런 할아버지를 염탐하는 것이 좋았다. 할아버지가 완전히 다른 사람이 될 때까지 할아버지를 뚫어져라 쳐다보았다. 신문을 읽다가 십자말풀이가 나오면 할아버지는 갑자기 신문에서 눈을 떼고 나를 바라보면서 책상에 있는 볼펜을 찾았다. "이제 숙제 다 했니?"라고 물으면 다시 우리 할아버지로 돌아온 것이다.

십자말풀이는 오래 걸리지 않았다. 할아버지는 언제나 빠르게 모든 문제를 풀었다. 그런데 이틀 전에는 집중이 좀 어려웠는지 낱말 두 개를 못 풀었다. 아빠가 밤에 신문을 보다가 알아냈다.

"아버님! 낱말 두 개가 빠졌어요!" 아빠가 신문의 취미 페이지를 들고 소리쳤다.

"알아."

할아버지는 그렇게만 말했다. 아빠가 입을 다물고 할아버지처럼 멍한 눈으로 나를 바라보았다. 엄마와 할머니는 주방에 있었다. 왠지 모르지만 나는 다행이라고 생각했다.

침묵

할아버지의 침묵은 나를 놀라게 한다.

늘 똑딱거리는 멀쩡한 옛날 시계처럼 할아버지는 언제나 소란스러웠다.

그런 할아버지가 갑자기 입을 다물었다. 그래서 할아버지와 단둘이 있으면 내가 두 사람 몫을 이야기해야 했다.

엄마와 할머니까지 함께 있을 때 그러면 침묵이 너무 무거워져서 숨이 막히지 않으려면 숨을 크게 쉬어야 했다. 그런데 세 사람이 침묵하면 나는 숨을 쉴 수 없었다. 내가 크게 숨을 쉬면 세 사람은 억지로 미소를 지으면서 하던 일을 계속하려고 했다.

사실 나는 마음대로 떠들 수 있었다. 할아버지 안락의자 아래는 오래도록 침묵이 깃들었지만, 나는 할아버지가 숨 쉬는 것을 본 것 같았다. 할아버지는 무척 조용히 숨을 쉬었다. 그럴 때 할아버지는 진짜로 시계 소리를 그리워하지 않는 것 같았다.

간식

이제 나는 맛있는 간식을 먹는다. 할아버지는 학교 수업이 끝나기 삼십 분 전에 할머니가 만든 샌드위치를 가지고 나를 데리러 왔다. 전에는 엄마가 아침에 만든 간식을 종일 가방에 넣고 있어서 맛이 없었다.

할아버지 할머니와 함께 살기 시작하면서 가장 좋아진 것이 간식이다. 바삭바삭한 빵으로 만든 샌드위치를 할아버지와 함께 걸으면서 먹었다. 내가 한입 깨물어 먹을 때마다 할아버지가 행복해지는 것 같았다.

"잔, 그렇게 배가 고프다니 부럽구나!"

할아버지는 그렇게 말하면서 손가락을 내 머리카락 사이에 넣어 헝클어뜨렸다. 그러면 나는 계속 씹으면서 머리에서 할아버지 손을 밀어냈다.

"드실래요?"

"아니, 아니다. 그게 문제야. 먹고 싶지 않아."

집에 도착하기 두 블록 전이면 샌드위치는 다 먹고 없었다. 왜 할아버지가 내 허기를 부러워하는지, 왜 어렸을 때는 정말 배가 고팠다고 말하는지 이해하지 못했다.

소식

어느 날 방에서 숙제하는데, 부모님이 내 방에 와서 뭔가 중요한 말을 하려는 듯 나를 빤히 바라보았다. 부모님이 침대에 앉았다.

"우리 아들 잔, 이리 와서 여기 가운데 앉아 봐."

"아빠와 내가 할 말이 있어."

"좋은 일이야."

표정으로 봐서 하나도 좋은 일 같지 않았다.

"조안 할아버지와 카테리나 할머니가 다음 달부터 우리와 함께 살기로 하셨어."

부모님이 웃을 때를 기다렸지만 전혀 웃지 않았다. 나에게는 좋은 소식이었다. '신난다!'하고 부모님을 끌어안을 만큼 좋은 소식이었다. 방학 때처럼 할머니 할아버지와 함께 사는 것이다. 방학 때가 아니라 보통 때 말이다.

"좋아해도 되나요?"

"그럼, 물론이지."

"그런데 엄마 아빠는 왜 좋아하지 않아요?"

"우리는 생각을 좀 정리해야 하거든." 아빠가 엄마 손을 꼭 잡으면서 대답했다.

아빠 엄마가 방을 나가고 나서 나는 영어 숙제를 끝냈다. 그런데 보통 때의 내 글씨체가 아니었다. 평소보다 작았다.

할아버지 할머니 집

다음 날 나는 변화에 대해 수많은 질문을 하고 싶었다. 그런데 웬일인지 엄마에게는 물어보고 싶지 않아서 아빠와 단둘이 남게 될 때까지 기다렸다.

"그런데 여름이 되면 예전처럼 시골 할아버지 댁에서 지낼 수 있는 거죠?"

"두고 보자."

"두고 본다는 말은 아니라는 말이에요?"

"아마도……."

"아빠!"

"우리 아들 잔, 거기서 못 지낼 거 같아."

'우리 아들 잔'이라는 말을 들으면 나는 힘이 빠져서 언제나 입을 다물었다. '우리 아들 잔'은 그만하라는 신호였다. 지금까지 '아들 잔'이라는 말을 듣고 더 말을 해본 적이 없다.

나는 더 물어보지 않았다. 더는 대답을 듣고 싶지 않았다.

아들, 잔

할아버지 할머니가 가방과 짐을 가득 싣고 왔던 날, 나는 학교 친구인 모세네 집에서 자야 했다. 그건 신나는 일이어야 했다.

"뭐 하고 놀고 싶어?"

"네 맘대로."

우리는 모세의 방바닥 한가득 널려 있던 레고로 성을 만들었다. 모세의 어머니는 저녁으로 피자를 시켜 주었고 모세의 아버지는 슈퍼 히어로가 나오는 영화를 반쯤 보게 해주었다. 세 사람은 점점 더 침울해지는 나를 즐겁게 해주려고 애썼다.

잠잘 시간이 되자 모세의 어머니는 내 침대 끝에 앉아서 쉬지 않고 손으로 내 다리를 주물러 주었고 모세의 아버지는 우리에게 동화를 읽어 주었다.

"아들 그리고 잔, 잠을 자도록 해." 모세 부모님이 잘 자라고 나에게 키스를 해주고 나서 말했다.

나는 그 말을 따랐다.

태엽을 감다

할아버지가 거실에 있는 낡은 시계의 태엽을 감는 꿈을 꾸었다. 처음에는 보통 때처럼 시계공 할아버지의 손가락으로 침착하고 능숙하게 태엽을 감았다. 그러나 조금씩 점점 더 빨리 태엽을 감았고 힘을 더 주어야 했다. 그래서 껑충껑충 뛰면서 투덜거렸고 발까지 움직여야 했다. 동그란 시계의 바늘이 돌자, 밖은 밤이 되고 또 낮이 되기를 반복했다. 마치 우리 집 거실에 있는 옛날 시계의 움직임에 따라 실제 시간이 돌아가는 것처럼.

2장

거리들

나무들

"잘 봐라, 잔. 여기는 우르헬 거리야." 할아버지가 표지판 아래 멈춰서 표지판을 가리켰다. 우리는 잠시 표지판을 바라보았다. "이제 타마릿 거리로 가자. 보이지?"

"할아버지, 이제 나무들은 안 봐요?"

"나무들도 봐야지."

그리고 우리는 말없이 집까지 걸어왔다. 할아버지는 나무들과 거리의 표지판을 바라보았고, 나는 그런 할아버지를 바라보았다. 이제 더는 아무 말도 하지 않았다.

우리는 나뭇가지들이 바닥에 드리운 그림을 밟았다. 할아버지가 구두를 질질 끌며 걸어서 그림자가 구두 바닥에 달라붙어서 영원히 끌고 다니게 될까봐 두려웠다. 바람이 불어와 나뭇가지들이 흔들렸다. 우리가 바라보지 않아서 나뭇가지들은 슬프게 춤을 추었다.

집에 도착하자 할아버지는 엘리베이터를 타고 멍한 눈빛으로 안도의 한숨을 내쉬었다. 그리고 거울을 보면서 나에게 말했다.

"잔, 내일은 나무들을 바라보자."

다섯 시

나는 간식을 생각하면서 학교를 나왔다. 오늘은 할머니가 어떤 샌드위치를 만들어 주었을까?

계단을 뛰어 내려와서 부모님들과 할머니들 그리고 도우미들의 숲속에서 할아버지의 얼굴을 찾았다. 전에는 내가 할아버지를 찾지 않고 할아버지가 나를 찾았는데, 언제부터인지 모르겠지만 역할이 바뀌었다. 나는 작은 변화들이 모여서 아주 큰 변화를 만들어낸 것이 아닐까 생각했다. 이것은 내가 보지 못하는 아주 큰 변화인 것 같았다.

"다섯 시 정각이구나. 이 녀석아, 그러다 머리 다칠라."

할아버지는 내 머리를 헝클어뜨리면서 웃었다. 나는 할아버지를 바라보고 대답하지 않았다. 내 눈은 배고프다고 말하고 있었다.

"간식 먹고 싶으면 나에게 입을 맞춰야지."

조용히 숨을 쉬고 나서 할아버지 품으로 달려들었다. 할아버지는 외투 주머니에 손을 넣었다. 왜 그제야 마음이 편안해졌는지 모르겠다. 다섯 시, 할아버지와 간식. 모든 것이 제자리에 있었다.

전에는

할아버지 할머니가 우리와 같이 살지 않았을 때는 아빠와 엄마가 순서를 정해서 나를 데리러 학교에 왔다. "오늘 아이 데리러 갈 수 있어? 오늘 회의가 있어서." 그렇게 월요일부터 금요일까지 나를 나누어 맡았다. 일터에서 허겁지겁 달려온 엄마 아빠에게 나는 그날 있었던 이야기를 했다. 그런데 반쯤 가다 보면 내 이야기를 듣고 있지 않았다.

"……그래서 킴이 나를 때렸고 나는……."

"킴이 어떻게 너를 때렸다고? 그건 또 왜?"

"아까 말했잖아. 왜냐하면 운동장에서 내가 골키퍼를 하고 있을 때 내가 공을 막았는데……."

그러면 나는 다시 이야기를 시작해야 했고, 엄마나 아빠는 고개를 숙이고 걸었다. 내 말을 잘 듣기 위해서였지만, 처음 내 이야기에 귀 기울이지 않았던 것에 대한 미안함 때문인 것 같았다. 나는 했던 말을 다시 반복했다. 그럴 때는 처음보다 더 간략하게 별거 아닌 듯 이야기하게 된다. 그러면 엄마와 아빠는 모든 장면을 자세히 이야기하라고 했다. 엄마는 잠시 눈을 감기까지 했고 아빠는 내가 하는 이야기를 보고 싶은 듯 허공을 바라보았다.

할아버지는 나를 만난 순간부터 내 이야기에 귀 기울여 들었다. 할아버지는 고개를 숙이지 않았다. 뭔가 중요한 이야기를 하고 싶을 때는 내가 까치발을 하고 "내 말 들리세요?"라고 물었다. 할아버지는 전혀 우스워하지 않았다.

"물론 네 말을 듣고 있단다. 나는 언제나 네 말을 잘 듣지!"

얼마 전에는

할아버지가 나를 데리러 왔을 때 먼저 이야기를 시작한 건 할아버지였다. 우리는 집에 올 때까지 시간이 많이 걸렸다. 우리는 모든 것을 바라보았다. 특히 나무들을 바라보았다.

"정말 굵은 나무줄기구나. 안 그러니? 이리 와서 만져봐라."

우리는 론다 거리의 어떤 나무 앞에 멈춰 섰다. 우리 둘이 나무를 만졌다.

"이 나무는 네 할아비보다 더 늙었단다."

"할아버지는 늙지 않았어요!"

그렇게 우리는 플라타너스 줄기에서 구멍을 찾았다. 어느 날 구멍을 위아래로 바라보고 또 바라보았다.

"잔, 보거라, 내 머리 크기만하지."

할아버지가 구멍 안에 머리가 끼인 척했다. 나는 할아버지 스웨터를 손으로 잡고 힘껏 끌어당겼다.

"나오세요. 나오세요, 할아버지!"

나무 만지기

처음에 나는 나무를 만지는 것이 부끄러웠다. 할아버지가 멈춰 서서 나무들을 만지고 나에게도 만지라고 했다.

"거기 땅에 박혀서 뭘 하는 거야?" 어느 날 모세가 우리에게 장난처럼 물었다.

"안녕하세요? 저는 모세 엄마 멜리사예요. 잔 할아버님이시지요?"

"내 이름은 조안이라오. 만나서 반가워요. 내 손자에게 나무의 그림자가 생명을 구할 수 있다고 이야기하고 있었다오."

"와우!" 모세가 외쳤다.

모세는 론다의 플라타너스 그늘에 서서 모험심 가득한 눈빛으로 할아버지를 바라보았다.

그러자 할아버지는 옛날이야기를 들려줄 때의 목소리로 우리에게 말했다. 할아버지가 어렸을 때 한낮의 뜨거운 햇볕에서 보호해주고 오두막이 되기도 하고 은신처가 되기도 하고 친구가 되기도 했던 나무가 있었다는 이야기였다.

"친구라고요?" 우리 둘이 동시에 소리쳤다. 모세의 어머니는 부드럽게 미소 짓고 있었다.

"비밀을 간직해준 친구지."

"어디에다요? 모세가 말했다.

“어떻게요?” 내가 말했다.

우리 둘이 동시에 말했다. 그러자 할아버지는 평소의 목소리로 돌아와서 시계를 본 뒤 나무에게 따뜻한 작별 인사를 했다. 모세와 나도 따라했다.

첫날

할아버지가 나를 데리러 온 첫날 오후 다섯 시가 될 때까지 시간은 정말 더디게 흘렀다. 교실 시계가 망가진 것 같았다. 그래서 나는 할아버지가 와서 시계를 고쳐야 한다고 생각했다. 하지만 다섯 시가 되기 전에 할아버지는 오지 않을 것이다. 환경 공부 마지막 시간에는 시곗바늘이 똑딱거리는 소리에만 모든 신경이 곤두섰다. 다섯 시 종이 울리자 나는 의자에서 튀어 오르다 입술을 깨물었다.

"잔, 오늘 수업 내내 어디에 있었니?"

나는 겸연쩍은 표정을 지으면서 교실을 나왔다. 입속에서 피 맛이 났다.

"어떻게 된 거야!" 할아버지가 소리쳤다.

그러고는 운동장의 수돗물로 입을 헹구라고 했다. 셔츠의 목덜미가 젖었고 할아버지 손이 내 머리카락을 쓸어내렸다. 다섯 시만 되면 항상 미친 듯이 배가 고팠다.

배고픔

"나도 젊어서는 너만큼 배가 고팠지!"

할아버지는 내가 먹는 모습을 바라보았다. 내가 한입 깨물 때마다 할아버지가 십 년씩 젊어지는 것 같았다. 할아버지 눈동자가 젊어졌다.

언젠가 빵과 치즈 맛과 섞여 있던 피의 맛을 기억할 것 같다. 언젠가 나의 손자가 간식을 먹을 것이고 그 모습을 바라보는 내 눈동자도 젊어지겠지.

그러면 지금의 할아버지처럼 손자 녀석에게 론다에 있는 나의 나무 이야기를 들려줄 거다. 왜냐하면 나무에 있던 그 구멍을 발견하고 할아버지가 그 안에 머리를 넣으려고 했을 때부터 나는 계속 그 나무 생각을 했기 때문이다. 나무줄기의 그 구멍은 나의 비밀을 간직할 곳이다. 나의 손자와 함께 나눌 비밀 말이다.

특별한 걸 볼 필요가 없다

"얘야, 너무 빨리 가지 마라."

할아버지는 내 걸음을 따라오지 못했다. 오늘 나는 머릿속이 온통 일 생각으로 가득 차 있을 때의 엄마 아빠처럼 걸었다.

"그렇게 가면 아무것도 머리에 들어오지 않아."

"하지만 이제 거리를 다 외웠는걸요!"

"그건 네 생각이지."

할아버지가 걸음을 멈추고 주위를 둘러보더니 플라타너스로 다가갔다. 먼저 뿌리 쪽을 바라보고 나서 그다음에는 더는 고개를 들 수 없을 때까지 고개를 위로 젖혔다.

나도 할아버지를 따라했다. 하지만 특별한 걸 볼 수는 없었다. 할아버지는 그렇게 한참을 있었다. 내가 손으로 할아버지를 잡아끌 때까지.

"할아버지, 뭘 보셨어요?"

"그냥 봤어. 꼭 특별한 걸 볼 필요는 없어."

그러고 나서 할아버지는 나에게 그 문장을 기억해 두라고 표정으로 말했다. 더는 말을 하지 말고 위를 바라보고 기다리라고. 할아버지는 바로 그때 기억을 만들고 있었다고.

집에서

할아버지와 처음 집으로 함께 갔던 날, 우리 집 주방에는 불이 켜져 있었다. 나는 엄마가 일찍 퇴근했다고 생각했는데, 할머니였다.

"뭘 하세요?"

"저녁 준비하지, 꼬마 임금님."

"벌써요? 이제 다섯 시 반인데요!"

"맛있는 건 오래 걸리는 법이지."

그랬다. 그날부터 우리는 깊은 접시에 담긴 음식을 숟가락으로 먹었다. 할머니의 요리는 많은 시간을 원했고, 시간은 할아버지가 수리한 시계처럼 정확했다."

"할머니 음식은 냄비에서는 오래 걸리는데 접시에 담기면 빨리 끝나요!"

아빠는 정말 깨끗하게 접시를 비웠다. 반면 엄마는 멍한 눈으로 숟가락을 이리저리 옮기면서 채소들로 그림을 그렸다. 어쩌면 그래서 할아버지가 꼭 특별한 걸 볼 필요가 없다고 말했는지도 모르겠다.

"그런데 빵은?" 할아버지가 렌틸콩 수프를 깨끗이 먹은 다음에 물었다.

할아버지 할머니가 집에 온 뒤로 바뀐 게 또 있다. 깊은 접시와 숟가락과 빵이다.

다음 날 나무 몇 그루를 바라본 다음에 우리는 빵집으로 갔다. 며칠 지나지 않아 빵집 아저씨는 할아버지와 농담을 주고받고 웃으며 서로 어깨를 툭툭 치는 사이가 되었다.

"잔, 빵집 주인이 좋은 사람이라고 왜 말하지 않았니?"

"그건 제가 몰라서……."

어떻게 그랬는지 알 수 없지만, 할아버지는 모든 사람과 평생 친구로 지낸 듯 이야기를 나누었고 곧바로 할아버지의 시계 이야기와 나무 이야기, 옛날이야기와 느리게 가는 시간 이야기로 사람들의 마음을 사로잡았다.

오렌지

엄마가 식탁 한가운데 후식으로 과일 바구니를 놓자, 할아버지가 오렌지를 집었다. 할아버지는 오렌지를 칼로 몇 조각 자른 다음에 손가락으로 껍질을 깠다.

오렌지는 시계다. 할아버지의 손동작은 계산된 듯 움직였는데, 마치 어느 순간에 똑딱 소리가 날 것 같았다.

"먹을래?"

그리고 나에게 번쩍이는 손가락으로 오렌지 한 쪽을 건네주었다.

시계공이 껍질을 깐 오렌지가 더 맛있다는 걸 이제 나는 알고 있다.

3장

이야기

이

첫날 저녁을 먹은 다음 어른들은 나에게 이를 닦으라고 하고 주방 문을 닫았다.

거울을 보고 칫솔질을 하면서 나는 아빠와 엄마, 할아버지 할머니가 하는 이야기를 들으려고 했지만 안 들렸다.

만일 잠자리에 들기 전에 이를 닦는다면 주방에서 하는 어른들의 이야기를 나도 들을 수 있을 거라고 생각했다. 그러면 기분이 좋았을 것이다. 그러나 그럴 수 없었다.

할아버지가 나를 데리러 학교에 오고 할머니가 시간이 오래 걸리는 음식을 준비하는 건 좋았다. 그러나 이를 닦는 건 우리 셋이 살았던, 주방이 조용했던 때가 좋았다.

수도를 틀었다. 물줄기가 모든 소리를 삼켜버렸다. 거울 속의 아이는 더는 내가 아니었다. 아직 내 것인 내 손이 수도를 잠그고 이상하리만치 서둘러 불을 껐다.

이제 더는 어른들의 말소리가 들리지 않았지만, 주방 문은 여전히 굳게 닫혀 있었다. 그날 밤 나는 그 문을 열 수 없었다.

우리의 순간

침대에 누워서 나는 초조하게 아빠를 기다렸다. 매일 밤 아빠가 동화를 읽어 주었기 때문이다. “이제 혼자 읽을 수 있지 않니?” 어느 날 엄마가 나에게 물었다. 그러자 아빠가 나보다 앞서 대답했다. “우리의 시간이야.”

“오늘은 할아버지가 동화를 읽어 주시면 어떨까?”

좋다고 말했어야 했다. 적어도 두세 마디 기쁨의 환성을 질렀어야 했다. 신나서 튀어 오르느라 침대를 엉망으로 만들었어야 했다. 그러나 그러지 못했다.

나는 두 사람을 바라보고만 있었다. 사실 아빠와 단둘이 있고 싶은 마음이 컸지만, 나는 이렇게 말했다.

“좋아요. 하지만 내일은 아빠가 읽어 줘요. 알았죠, 아빠?”

“오늘은 오늘이고 내일은 내일이야.”

내가 계획하지 않아도 되는 일을 계획할 때 아빠가 하는 말이다.

동화

할아버지가 침대 끝에 앉아서 나를 바라보았다. 우리는 잠시 아무 말도 하지 않았다. 나는 할아버지 역시 원하지 않았다는 걸 깨달았다. 할아버지도 아빠가 동화를 읽어 주었으면 했던 것이다. 작은 클론의 강요로 오게 된 할아버지는 나한테 무슨 말을 할까 생각하고 있었다. 할아버지는 눈으로 말하고 있었다.

"아빠가 동화를 읽어 주고 싶지 않을 때는 낮에 있었던 일을 이야기해요."

"오늘 있었던 일을 이야기하고 싶니?"

"모르겠어요. 할아버지는요?"

"나는 내일 뭘 할지 생각하고 싶구나."

그러고 나서 할아버지 입가에 미소가 찾아왔고, 미소에서 우리가 보게 될 나무들의 나뭇가지가 나왔다.

침대

첫날 밤, 할아버지 할머니는 놀러 왔을 때처럼 엄마 아빠의 서재에서 잤다. 엄마는 소파 침대를 펼치고 침대보를 무척 천천히 매만졌다. 마치 이불에 뭔가 무척 중요한 것이 있는 것처럼 오랫동안 바라보았다.

내 방 벽은 서재와 붙어 있었다. 할아버지 할머니가 나에게 잘 자라고 인사한 뒤 속삭이는 소리를 들었다. 나는 할아버지 할머니가 잠옷을 갈아입는 모습을 상상하다가 목과 가슴에 울컥 고통스러운 행복이 자리 잡는 걸 느꼈다.

엄마가 밤 인사하는 소리를 들었다. 엄마는 할머니 할아버지에게 제대로 된 침대를 사겠다고 말했다. 나는 떨어지지 않으려고 이불 끝을 꼭 잡았다. 어디로 떨어지는지 알 수 없었지만 떨어지지 않기 위해서였다.

우화

다음 날, 할아버지는 종일 이상하게 예민했다. 하지만 좋은 느낌이라는 것을 나는 알았다. 내가 모세네 집에 놀러 가고 싶어 안절부절못할 때처럼 말이다.

학교에서 돌아오는 길에 나는 신이 나서 깡충깡충 뛰었다. 할아버지는 우르헬 거리 중간쯤 개미들이 열을 지어가는 데서 멈추라고 했다.

“우화가 뭔지 아니?”

“동화 아닌가요?”

“맞기도 하고 아니기도 해.”

그러고는 아무 일도 없는 듯 계속 걸었다. 하지만 할아버지의 뒷모습만 보아도 이제 웃고 있다는 걸 알았다. 집에 도착하자마자 할아버지는 계단으로 올라가고 싶어 했다.

“오늘 밤에는 우화를 읽자. 잔, 동화는 네 아비한테 읽어 달라고 하고.”

아빠는 동화를, 할아버지는 우화를. 이제 변화는 그리 큰 것이 아니었다.

나는 편안하게 잠을 자게 될 것이다.

우리는 베짱이가 될 수 있어

나는 개미와 베짱이 이야기가 우화인 줄 몰랐다. 옛날에 아빠가 읽어 주었지만, 할아버지가 이야기해준 게 훨씬 좋았다.

"그런데 할아버지, 우리는 개미처럼 해야 하는 거죠? 그렇지요?" 다 읽고 나서 할아버지의 기분을 좋게 하려고 이렇게 말했다.

"아니다. 우리는 베짱이가 될 수도 있어."

"하지만 그러면 겨울에……."

"겨울은 잊어버려라. 아직 오지 않았잖아."

할아버지가 조금 화가 난 것처럼 보였다.

내 머릿속에 그날 오후에 보았던 개미들이 떠올랐다. 모두 일렬로 서서 부지런히 빵 부스러기를 나르고 있었다.

"그런데 할아버지, 개미굴에 도착하기 전에 누가 밟기라도 하면요?"

할아버지가 내 눈에서 개미들을 보았다는 것을 알았고, 나를 이해시키려고 설명하지 않으리라는 것도 알았다. 할아버지는 마치 내가 답을 알고 있다는 듯 어깨를 으쓱했다. 우화는 동화보다 많은 것을 생각하게 한다.

개미들

아침에는 아빠가 나를 학교에 데려다주었다.

"잔, 멍하게 있지 마. 바닥에 뭐라도 있니?"

"개미들을 찾고 있어요……."

나는 아빠에게 할아버지가 들려준 우화에 관해 이야기했다. 우리는 베짱이가 될 수 있고 어느 순간에 밟힐 수도 있다고 했다. 그래서 개미들이 개미굴에 도착했는지 못했는지 알고 싶어서 어제 보았던 개미들을 찾고 있다고 말했다.

아빠가 멈춰 서서 두 손가락으로 눈썹을 치켜올렸다. 그러고 나서 개미를 찾는 것을 도와주었다. 우리가 개미를 발견하자 아빠는 개미 하나를 들고 아직 문을 열지 않은 가게 앞 벤치에 앉았다.

"잔, 우리는 둘 다 될 수 있어. 너는 지금 개미가 되어야 해. 겨울을 준비해야 하니까. 반대로 할아버지는 이제 노래를 부를 수 있어. 겨울이 지나갔기 때문이지."

나는 아빠의 말을 완전히 이해하지 못했다. 하지만 아빠의 눈이 더는 질문을 원치 않는다는 걸 알았다. 그래도 괜찮았다.

저절로 구해지는 답이 있다. 개미 등에 얹혀 있는 빵 조각처럼 일렬로 다가오거나 베짱이의 노래처럼 공중으로 다가오는.

비행기

그날 밤 이를 닦고 난 다음에 나는 두 번째 우화를 기다리고 있었다. 그런데 내 방으로 들어오기 직전 아빠의 한숨소리를 듣고 조금 두려운 마음이 들었다.

"잔, 개미와 베짱이 이야기를 다시 생각했니? 그 이야기를 다시 하고 싶니?"

"아니, 비행기 이야기가 좋겠어요. 생각할 필요 없는 이야기요."

"나도!"

그러고 나서 아빠는 단숨에 내 침대에 앉았다. 우리는 책을 읽지 않고 둘이 번갈아 가며 이야기를 만들었다. 하늘을 나는 이야기, 햇빛 가득한 날의 이야기였다. 마지막에 우리는 하늘을 향해 날아올랐다.

비행기 이야기, 발을 땅에 딛지 않고 나는 이야기를 듣고 싶은 날이 있다.

할아버지의 겨울

나는 할아버지가 빌라베르 마을의 무화과나무에 올라가서 노래를 부르고 또 부르는 꿈을 꾸었다. 그동안 아빠와 엄마, 할머니와 나는 일렬로 바닥에 떨어진 빵 조각을 주워 바구니에 담고 있었다. 무척 더웠고 햇볕은 강렬했다. 그런데 갑자기 다시 겨울이 왔고 할아버지는 밖에서 추위에 덜덜 떨고 있었다. 그리고 우리는 생 안토니에 있는 우리 집에서 빵을 먹고 있었다. 나는 창밖으로 무화과나무 높은 곳에 앉아 떨고 있는 할아버지를 보았다. 아빠는 "이제 할아버지의 겨울은 지났어"라고 말했다. 그리고 할머니는 할아버지의 노랫소리가 그립다고 말했고 나는 할아버지에게 먹을 것을, 엄마는 스웨터를 가져다드리려고 했다. 하지만 아빠가 계속 안 된다고 하면서 할아버지의 겨울이 지났다고 말했다. 그러면서 입맛이 없다는 우리에게 억지로 먹으라고 하고 무화과나무를 보지 못하도록 커튼을 쳤다. 급기야 할머니는 조용히 하라며 소리쳤다. 그때 할아버지의 노랫소리가 들려왔다. 그제야 우리는 입맛이 돌아왔다.

신문에 파묻힌 엄마

"잠꾸러기야, 우유 식는다."

내가 아침을 먹는 동안 엄마는 커피를 마시며 신문을 읽었다. 아빠는 일찍 나갔고 할아버지 할머니는 아직 방에 있었다. 나는 옷을 입으면서 할아버지 할머니의 말소리를 들었지만, 엄마는 할아버지 할머니가 주무시니까 방해하지 말라고 했다.

"할아버지 할머니랑 함께 사니까 정말 좋지, 안 그래?"

엄마가 입을 너무 작게 벌리고 말해서 곧 그 말이 지워질 것 같았다. 엄마 눈을 찾았지만 찾을 수 없었다. 엄마 눈은 신문에 실려 있었고 나에게 눈길을 주지 않았다.

나는 엄마와 단둘이 있는 시간에 꿈 이야기를 하고 아빠가 할아버지에 대해 이야기했던 우화와 겨울에 관해 이야기하고 싶었다. 하지만 엄마가 듣고 싶어 하지 않는 것 같아서 비행기 이야기를 하는 게 좋겠다고 생각했다. 그리고 비행기 이야기를 했다.

"아빠와 내가 만들어냈어요. 생각을 하고 싶지 않은 날을 위해서요."

그러자 엄마가 신문에서 눈을 떼고 처음으로 나를 바라보았다. 비행기가 이륙하기 전이었다.

빛과 향수

할머니 할아버지보다 할머니 할아버지의 냄새가 먼저 주방에 도달했다. 조금 전 내가 비행기 이야기를 했는데, 엄마가 눈으로 이륙을 했다. 할머니는 손뼉을 쳤다. 할머니 얼굴이 환하게 빛났다.

"아홉 시 십오 분 전이야. 이 녀석 학교 가야지!"

엄마가 서둘러 커피를 마시고 할머니 할아버지에게 입맞춤한 다음 나를 힘껏 끌어안았다.

"이따 밤에 보자!"

나는 양손으로 할아버지 할머니의 손을 잡았다. 더는 개미나 겨울 생각을 하지 않았다.

우리 셋은 할머니 향수의 구름 안에서 걸었다. 아무도 감히 할머니에게 향수를 너무 많이 뿌린다고 말하지 못했다. 그 달콤한 향기는 너무 강해서 빛을 뿜어냈다. 우리 셋은 손을 잡고 빛과 향기를 가득 품고 걸어갔다. 나는 사람들이 왜 우리를 보고도 멈추지 않는지 이해할 수 없었다.

4장

나에게 모자란 글자

한 달

할아버지 할머니와 함께 산 지 한 달이 지났다. 이제 서재는 할아버지 할머니의 방이다. 소파 침대가 아니라 '꼭 사야 했던' 새 침대가 있다. 할아버지 할머니의 물건을 넣도록 엄마는 장롱을 하나 비웠다. 주방의 대리석 조리대 한쪽 구석에는 두 분이 먹는 온갖 종류의 약이 있다. 큰 욕실에는 다섯 개의 칫솔이 있었다. 그리고 며칠 전 아빠는 더 큰 소파를 사야겠다고 했다.

나와 함께 지내는 시간도 잘 분배되었다. 할아버지는 어떤 날은 우화를 들려주었고 어떤 날은 아니었다. 우화를 들려주지 않은 날은 아빠 차례였는데, 아빠는 동화를 읽어 주었다. 아침에는 금요일만 제외하고 할아버지 할머니가 나를 학교에 데려다주었다. 금요일에는 엄마가 늦게 출근해서 나와 함께 갔다.

엄마 아빠가 일하는 동안 나는 학교에 있고 할아버지 할머니는 산책하거나 몇 가지 볼일을 보고 집에서 식사를 했다. 나는 두 분만 주방 식탁에 앉아 있는 모습을 상상할 수 없었다. "하지만 우리는 주방 식탁에서 식사를 한단다, 꼬마 도련님." 할머니가 나에게 말했다. "조안 할아버지는 라디오를 틀고 우리는 뉴스를 듣지. 뉴스를 보는 것보다 듣는 게 더 좋단다." 그러고 나면 할아버지가 설거지하고 할머니는 소파에 몸을 던졌다.

오후에는 항상 할아버지가 나를 데리러 왔다. 왜냐하면 할머니는 집에서 책을 읽었고 식사 뒤에는 컨디션이 좋지 않았기 때문이다. 돌아오는 길에 할아버지와 나는 나무를 바라보았다. 내가 간식을 먹는 동안 할아버지는 이야기를 들려주었고 그다음에는 빵을 사러 갔다. 그러고 나서 나는 할아버지 옆 거실 식탁에서 숙제를 했다. 할아버지는 내가 모르는 것을 물어보면 도와주었다. 할머니는 주방에서 맛있는 음식을 준비했다. 저녁에 우리 다섯 명이 텔레비전을 끄고 먹을 식사였다. 할아버지 할머니가 우리 집에 온 뒤부터 아무도 텔레비전을 오래 보지 않았다.

우리는 저녁 식사를 하면서 이야기를 나누었다. 부모님은 회사 일을 이야기하고 할머니 할아버지는 항상 오전 산책에서 있었던 일을 이야기했다. 그리고 후식 시간에 할아버지가 오렌지를 까면 할머니와 엄마는 옛날을 회상하는 눈빛으로 오래전 재미있었던 일을 기억하면서 할아버지를 웃게 하려고 했다. 할아버지는 그 이야기를 별로 듣고 싶어 하지 않아 보였다. 아빠와 나는 입을 다물었다. 할아버지 편을 들어야 했다. 왜냐하면 할아버지가 우리에게 그렇게 해달라고 부탁하는 것처럼 보였기 때문이다.

아빠가 아무 이유 없이 엄마와 할머니의 옛날이야기를

끊어버린 날이 있다. 특히 버드나무 이야기를 할 때 그랬다. 그럴 때면 식탁에서 갑자기 일어나서 "자! 늦었어요, 여러분"이라고 말하면서 냅킨을 접었다. 그러면 나도 따라 일어나서 소란스럽게 컵을 집어 들었다. 할아버지도 일어나서 두 손으로 과일 바구니를 들고 다리를 끌면서 바구니를 주방으로 옮겼다. 마치 주방으로 가는 것이 할아버지가 아니라 과일 바구니인 것처럼 보였다.

금요일

엄마는 선생님이다. 하지만 나에게는 선생님 노릇을 하고 싶어 하지 않았다. 그럴 수 없다고 했다. 그래서 나는 엄마 학교가 아닌 다른 학교에 다녔다. 그렇지 않았다면 월요일부터 금요일까지 함께 갈 수 있었을 텐데. 가끔 나는 엄마와 함께 학교에 가고 집에 오면 편할 거라고 생각했다. 그러나 학교에서 엄마와 함께 있고 내가 하는 모든 일을 엄마가 보고 있다고 상상하고는 그 생각을 머릿속에서 떨쳐버렸다.

이제 나는 금요일이 좋다. 왜냐하면 엄마와 함께 시작하기 때문이다. 집에서 학교로 가는 길에 우리는 이야기를 한다. 할아버지 할머니와 함께 살게 된 뒤로 엄마와 지내는 시간이 줄어든 것 같았다. 어쩌면 엄마가 나와 함께 지냈던 시간을 할아버지 할머니에게 썼기 때문일 수도 있다. 엄마는 이런 말을 했다.

"나한테 아무 말도 안 하는 거야?" 학교 가는 길에 내 손을 꼭 잡고 거의 애원하듯 물었다.

전에는 엄마 손을 잡는 걸 좋아하지 않았다. 부끄러웠다. 그러나 할아버지 할머니가 온 뒤로 거리로 나가면 내가 먼저 엄마 손을 찾게 되었다. 하고 싶은 이야기를 모두 할아버지 할머니에게 해버렸기 때문에 무슨 말을 해야 할지 몰라 먼저 손을 내밀었다. 그러면 어떻게든 우리가 할 말이 떠오를 것 같았다. 나는 엄마 손가락을 꽉 잡고 천천히 걸으면서 엄마 눈을 바라보았다.

"무슨 말이 듣고 싶어요, 엄마. 오늘은 이제 시작인걸요."

"나도 몰라. 어제 있었던 일이나, 아니면 할아버지와 나누었던 이야기. 할아버지가 너 데리러 가시는 거 좋지? 안 그래?"

"좋아요. 할아버지랑 나무 이야기를 했어요."

"그럼 나무를 만지기도 했어?"

엄마가 가던 길을 멈추고 촉촉한 미소로 나를 바라보았다.

"엄마랑도 나무를 만졌어요?"

"물론이지. 그러면……. 할아버지의 버드나무 이야기도 하셨어?"

"아직요. 언젠가 해주신다고 했어요."

"잊어버리지 않으시도록 다시 말씀드려."

"안 잊어버리실 거예요!"

내가 왜 소리쳤는지 모르겠다. 학교 정문 앞에서 인사를 할 때까지 우리는 아무 말도 하지 않고 걸었다.

왜 내 이름이 잔인가

한번은 엄마가 엘리베이터 거울을 통해 눈으로 나에게 뭔가 이야기했다. 무슨 이야기인지는 몰랐지만 나에게 말을 하고 있었다.

"왜 네 이름이 잔인지 알고 있니?"

그 이야기였다. 최근 들어 나는 질문이 싫었다. 비행기 이야기가 더 좋았다.

"왜요?"

이제 모세가 너무 세게 공을 찼거나, 내가 골키퍼 차례가 되었을 때처럼 손을 머리 위로 들어올려야 할 것이다.

"할아버지 때문이야. 할아버지가 자신의 이름을 붙여 주고 싶어 하셨어."

"하지만 할아버지는 조안이잖아요."

"그건 아빠가 할아버지랑 똑같이 부르고 싶어 하지 않아서 그렇게 된 거야. 그래서 할머니와 내가 해결책을 찾았지."

"글자 하나를 빼 버리는 거요?"

"응. O를 빼는 거였어."

그리고 내 뺨에 동그라미 하나를 그렸다. 내 얼굴이 타 버릴 것만 같은 원이었다. 엘리베이터에서 내리기 전에 나는 거울을 바라보았다. 얼굴에 자국이 남아 있을 것만 같았기 때문이다. 내 얼굴에 동그라미 자국이 남는 것이 싫었다. 나는 손으로 세게 뺨을 문질렀다. O는 내 것이 아니라 할아버지의 것이다. 할아버지 것이다.

카탈루냐어✣공책에 내 이름과 할아버지 이름을 썼다.

잔.

조안.

나는 아빠와 할아버지도 찬성하게 하려고 O를 빼버린 클론들을 상상했다. 생각을 짜내 한 글자를 빼버린 엄마와 할머니.

주방에서 이야기를 나누면서 행주 속이나 감자 껍질과 달걀 껍데기, 쓰레기 속에 O를 숨기는 할머니와 엄마를 보았다. 앞치마 주머니나 성냥갑, 또는 나무 수저통에도 숨겼다.

하지만 O는 자라나서 그 어디에도 숨길 수 없었다. 오븐에서 구워지는 케이크처럼 부풀어 올랐다. 이스트가 들어간 O였다.

할머니가 글자를 잡아서 싱크대에 넣고 수돗물을 틀었다. 절망적으로 차가운 물에 글자를 적셨다. 그러나 글자는 계속 자랐고, 엄마는 주방의 세 번째 서랍을 비운 다음 O를

✣ 카탈루냐어는 이베리아반도의 안도라공국, 카탈루냐 지방, 발렌시아 지방, 발레아레스 제도에서 쓰이는 지역 공용어로 로망스어군 언어다. 이 작품의 배경 지역이다.

넣고 과일과 채소와 요일의 글자가 새겨진 색색의 행주로 덮었다. 그런데 행주가 젖었다. 물이 새어 나왔고 할머니와 엄마도 물에 젖었다. 그런데…….

"잔, 일어나!"

모세가 제때 팔꿈치로 나를 툭 쳐서 카탈루냐어 시간에 혼나지 않을 수 있었다.

다섯 시가 가까워졌을 때 나는 다시 한번 교실에 걸려 있는 시계에서 눈을 떼지 못했다.

"왜 웃어, 잔?"

바로 그때 종이 울렸고 나는 쏜살같이 달려 나와서 사람들 사이에 있던 할아버지와 만났다.

"O는 시계예요!"

"숨 좀 쉬어. 무슨 말이야?"

"O 말이에요. 제 이름에는 없고 할아버지 이름에만 있는 글자요. 그건 시계예요, 할아버지."

할아버지는 미소를 지었고 나에게 간식으로 뭘 사주어야 할지 알겠다고 했다. 금요일에는 달콤한 걸 먹을 수 있었다.

빵집으로 가는 길에 나는 뺨이 욱신거리는 걸 느꼈다. 아침에 엄마가 그렸던 O 때문이다. 할아버지가 볼까봐 걱정되어서 나는 다시 한번 세게 문지르려고 했다. 하지만 손을 얼굴에 대자 내 손가락은 부드럽게 O를 다시 그리고 있었다. 빵집 아저씨가 인사할 때까지 나는 계속 O를 그렸다.

도넛

집으로 돌아오는 길, 나는 할아버지가 사준 도넛 때문에 끈적끈적해진 손가락으로 보이는 동그라미를 모두 가리켰다.

"그런데 할아버지 이름에 있는 O는 시계예요. 그렇죠, 할아버지? 그래서 제 이름에는 없는 거예요."

"내가 방금 네게 하나를 주었는데 눈 깜빡할 사이에 먹어 버렸구나, 꼬마 먹보!"

"아직 손가락에 조금 남아 있어요."

우리는 웃으면서 집에 도착했다. 왜냐하면 엘리베이터의 버튼도 동그라미였고 구멍도 동그라미였기 때문이다.

"카테리나!"

"할머니!"

내가 손을 씻는 동안 할아버지는 할머니가 뭘 하나 보려고 방으로 들어갔다.

"자고 있네. 입을 벌리고 말이다. 입이 O가 되었어."

할머니가 잠에서 깨어났을 때 나는 엄마와 할머니가 어떻게 할아버지 이름에 있는 O자를 뺐는지 물었다. 할머니는 아직 침대에 있었다. 할머니는 내 손을 잡고 엄마가 사전을 들고서 그렇게 했다고 했다.

"네 엄마는 네 이름이 중세풍이라고 했어. 조안과 같은 말인데, 중세 시대의 조안이라고. 네 아빠도 좋다고 했지."

"중세의!"

"그래. 네 아빠에게 중세식이라고 말했고 아빠의 마음에 들었어. 너도 알고 있지? 아빠는 옛것을 좋아하잖니."

할머니가 미소 지으며 고개를 끄덕였다. 할머니 눈은 그 옛날 사전을 손에 들고 있던 엄마를 생각하고 있었다. 나를 할아버지와 똑같이, 하지만 시계 없이 부를 수 있도록 해준 사전이다.

아빠가 왔을 때 나는 뛰어나가서 아빠를 맞이했다.

"왜 내 이름이 중세식이라고 말하지 않았어요?"

"네가 이미 알고 있는 줄 알았지."

아빠는 언제나 그런 식이다. 엄마 말대로 가족과 일을 분리시킨다. 일을 할 때는 우리 생각을 못 하고 집에 있을 때는 대학 생각을 못 한다. 그건 아빠가 항상 이야기하듯이 일에 열광하기 때문이다.

“네가 좋다면 오늘 밤에는 아서왕 이야기를 해줄게.”

“네, 좋아요! 꼭 해주세요!”

역사

어렸을 때 나는 아빠가 학교에서 옛날이야기를 들려주는 일을 한다고 들었다. 그러나 이제는 아빠가 이야기하는 것이 정말 중요한 역사라는 것을 알게 되었다. 인류나 인간처럼 역사는 엄청나게 무게감 있는 이야기다. 그 무게감에 대해 아빠는 학교에서 수업 시간에 설명하는 것이다. 연구하지 않는 시간에 수업을 한다.

아빠는 연구자가 되고 싶었다고 했다. 그 말을 듣고 나는 아빠가 피라미드 사이에 있는 모습이나 흰 가운을 입고 현미경을 가지고 관찰하는 모습을 상상했다. 그러나 아빠는 흰 장갑을 끼고 오래된 교회 냄새가 나는 고서들을 연구한다. 역사는 이미 지나갔지만 역사를 연구하고 이해하고 설명할 줄 알아야 한다고 했다. 잘못을 반복하거나 쳇바퀴 돌듯 돌아가지 않고 인류가 앞을 향해 나아가도록 하기 위해서다.

직선과 원

밤에 아빠는 기사들과 결코 끝나지 않는 놀라운 모험으로 가득 찬 역사 이야기를 들려주었다. 엄마가 너무 늦었다며 잠 잘 시간이라고 이야기해야 했다.

"귀네비어 왕비보다 더 아름다워!"

아빠와 엄마가 나에게 입맞춤을 해주었다. 나는 O가 없는 잔과 멍한 눈빛이 아닌 엄마와 아서왕 아빠, 이렇게 우리 셋이 지내는 중세의 순간을 누리지 못한 지 오래되었다는 사실을 깨달았다.

나는 잠이 들었고 곧바로 꿈을 꾸기 시작했다. 할아버지 할머니가 우리 집에 와서 살게 된 뒤로 나는 모든 꿈의 내용을 기억한다.

"잔, 오늘은 또 무슨 생각을 하니?"

아침 식사를 하면서 나는 밤새 꾸었던 꿈 내용을 다시 생각했다. 아빠는 바닥에 칼로 선을 그리고 있었다. 할아버지는 나뭇가지로 아빠의 선을 따라 원을 그리면서 뒤쫓았다. 나는 한 손에는 칼을 들고 다른 손에는 나뭇가지를 들고 아빠와 할아버지를 바라보고 있었는데, 머리가 무척 아팠다. 그래서 이마에 손을 대려고 나뭇가지를 바닥에 내려놓았다. 그러자 원과 할아버지가 사라졌다. 아빠가 그린 선은 더 깊이 패었고 아빠는 나에게 칼로 그 선을 더 뚜렷하게 그려달라고 부탁했다. 하지만 나는 아빠의 선과 평행선을 이루는 할아버지의 원을 다시 그렸다. 이번에는 칼로 원을 그렸기 때문에 사라지지 않았다.

귀네비어 왕비

"잔은 아직도 꿈을 꾸고 있어!" 잠이 덜 깬 내 모습을 보고 아빠가 말했다. 그러고 나서 엄마를 보고 "좋은 아침입니다, 왕비마마!"라고 했다.

아빠가 기분이 좋을 때면, 엄마는 귀네비어 왕비가 된다.

몇 초간 침묵이 흘렀다. 그래서 나는 아마도 엄마가 오늘은 왕비가 되고 싶지 않은가보다 생각했다. 서재의 할머니 할아버지 소리와 주방 시계가 똑딱거리는 소리도 들렸다.

"좋은 아침이에요, 임금님!"

'임금님'이라는 말은 엄마가 기분 좋다는 뜻이다. 나는 찻잔에서 시선을 거두고 악몽을 잊고 두 분의 폐하에게 미소를 지었다.

우리의 왕좌

우리가 기분 좋을 때면 우리는 모두 왕이었다. 임금님, 오늘 어땠어? 왕비마마, 내 휴대전화가 어디 있나요? 임금님, 오늘 숙제 다 했어? 집에서는 엄마가 그 말을 가장 많이 했다. 하지만 엄마를 이기는 건 할머니다. 왜냐하면 할머니는 잘 모르는 사람한테도 보는 사람마다 왕과 왕비라고 불렀기 때문이다. 엄마는 아빠와 나에게만 그렇게 말했다. 아빠는 엄마에게만 왕비라고 불렀다. 나는 아직 아무에게도 그렇게 말하지 않았다. 왜냐하면 그 말이 잘 나오지 않았기 때문이다. 그런데 이제는 나도 어른들처럼 그렇게 말하고 싶어졌다. 가장 기분 좋은 말처럼 들리기 때문이다. 누가 나에게 왕이라고 말하면 몸속 깊은 곳이 따뜻해지고 절대로 아프지 않을 것 같았다. 이제 나도 그렇게 말하고 싶고 영원히 우리의 왕좌를 지키는 법을 알고 싶다.

5장

먼저 기억이

샌드위치가 없다

다섯 시가 되자, 부모님들의 얼굴 숲 사이로 할아버지의 얼굴이 보였다. 할아버지는 손으로 내 머리카락을 헝클어뜨리면서 하루가 어땠는지 물었다. 나는 눈빛으로 배가 고프다고 말했다. 할아버지 눈이 멍해졌다. 어둡고 투명한 멍한 눈빛.

"아, 잔."

'아, 잔'이라는 말은 전에는 못 들어본 말이라서 나는 뭐라고 해야 할지 몰랐다.

사람들의 얼굴과 사람들의 숲은 사라졌다. 첫 번째 이유는 우리가 그들을 보지 않았기 때문이고 두 번째 이유는 모두 가버렸고 할아버지와 나, 둘만 남았기 때문이다.

"아, 잔."

나는 계속 알아듣지 못했다. 하지만 할아버지의 눈을 덮은 그 어두운 투명함이 싫었다. 과장된 몸짓으로 주머니를 뒤지고 나서 아무 말도 하지 못하고 나를 바라보았다. 무슨 일이 일어난 건지 설명해달라고 나에게 애원하는 눈빛이었다. '아, 잔'이라는 그 말이 무슨 말인지 나에게 묻는 눈빛이었다.

"샌드위치를 놓고 왔어요?"

할아버지는 고개만 끄덕일 뿐 더는 말이 없었다. 이제

배 속에 구멍이 하나 뚫린 것 같았다. 배고파서 생긴 구멍이 아니었다. 커다란 O가 내 안에서 몸을 비틀며 나를 아프게 했다. 할아버지의 어깨에 또 다른 거대한 O가 올라앉은 게 분명했다. 집으로 돌아오는 내내 우리 앞에 어두운 그림자가 드리웠다.

우리는 다시 걷기 시작했다. 질질 끄는 할아버지의 발소리가 엄청나게 크게 들렸다. 할아버지가 샌드위치 사건을 잊어버렸으면 했다. 나는 이제 배가 고프지 않았다.

"할아버지, 할아버지의 버드나무 이야기를 해주셔야지요……."

"다른 날 해주마."

그림자

우리는 손을 잡고 집을 향해 걸으면서 나무도, 거리도 바라보지 않았다. 그림자가 계속 우리를 따라왔다.

"괜찮아요, 집에 가서 먹으면 돼요."

이 말을 할 때까지 몇 걸음이나 걸어야 했던가!

할아버지는 앞을 바라보면서 내 손을 더 세게 잡았다. O는 그림자일까?

할아버지의 질질 끄는 걸음걸이는 할아버지의 심장 뛰는 소리를 나에게 들려주는 것 같았다. 우리 둘에게 들려주고 있었다. 이제 우리 둘은 같은 속도로 걷고 있었기 때문이다. 나는 가능한 한 조안 할아버지의 발걸음에 맞추었다. 왜냐하면 내가 아니라 할아버지가 시계를 갖고 있었으니까. 나는 할아버지처럼 숨을 쉬고 할아버지처럼 걸음을 걸었다. 할아버지는 어깨에, 나는 배 속에 우리의 O를 짊어진 채. 우리는 계속 그 자리에 머무는 것처럼 새로운 그림자로 거리를 물들였다.

거리로 나온 할머니

"이게 누구야?"

할머니가 샌드위치를 들고 우리를 찾아 거리로 나왔다. 향수도 뿌리지 않고 머리카락이 조금 헝클어진 것으로 보아 서둘러 나온 것 같았다.

할아버지가 머리를 긁적이자 할머니가 샌드위치를 할아버지에게 건넸다. 그림자가 할머니에게서 나온 빛 때문에 멀리 사라졌다.

"아이에게 주세요. 배고플 텐데, 어서요."

할아버지가 나에게 샌드위치를 줄 때 어린아이 같아 보였다. 이제 나는 배가 고플 시간에 배가 고프지 않다는 것이 무엇인지 이해한다. 하지만 네 개의 눈이 내가 샌드위치에 입을 대기를 기다리고 있었다. 그래서 나는 할아버지 할머니를 바라보면서 샌드위치를 깨물었다. 빵과 토마토와 소시지의 맛을 느낄 때까지 시간이 좀 걸렸다.

나는 샌드위치를 씹어 먹으면서 이제 할아버지 할머니 옆에서 내 속도대로 걸음을 걸었다. 두 분은 집에 도착할 때까지 손을 잡고 조용히 대화를 나눴다.

벙어리

할아버지는 시간이 좀 지나서야 말을 다시 하게 되었다. 다시 말을 하게 되었을 때 나는 차라리 벙어리로 남아 있는 편이 나았을 거라고 생각했다.

"제일 먼저 기억일 거야……."

나에게 말을 하는 것이 아니라 소파 아래 잠든 침묵에게 하듯 말했다. 그러나 나에게 하는 말이었다.

어디로 가야 할지 알지만 서두르지 않는 고양이처럼 침묵은 그렇게 조금씩 멀어져갔다.

"제일 먼저 기억일 거야. 내 말 듣고 있니?"

할아버지는 화가 나서 내 눈을 바라보았다.

"저는 귀머거리가 아니라고요!"

나도 화가 나 있었다. 화가 나서 내 방으로 갔다. 문을 쾅 닫고 방에 들어가서 할아버지 할머니가 소곤대는 소리를 들었다. 할머니가 할아버지를 달래는 것 같았다. 할아버지는 계속 "제일 먼저 기억일 거야, 제일 먼저 기억일 거야"라고 말하고 있었다. 이제 할머니가 입을 다물었고 할아버지가 같은 말을 반복하도록 내버려두었다. 할아버지의 말은 점점 작아졌고 마침내 사라졌다. 나는 할아버지도 사라졌을까봐 두려워서 문을 열고 싶었다.

나는 손가락만큼만 문을 열었다. 할머니가 소파 팔걸이

에 걸터앉아 할아버지 이마에 입을 맞추며 할아버지의 입을 막고 있었다. 할아버지는 눈을 감고 팔을 늘어뜨린 채 할머니가 하는 대로 몸을 맡겼다. 할아버지 팔이 버드나무 가지 같았다.

귀머거리

내가 귀머거리였다면 할아버지의 이야기를 듣지 못했을 것이다. 제일 먼저 기억일 거야. 나는 그 말을 이해하지 못했지만 내 피부 깊숙이 새겨지는 것 같았다. 나는 귀머거리가 되고 싶었다. 하지만 그래도 들릴까봐 두려웠다. 왜냐하면 몸으로 하는 말도 있고 입과 귀가 아닌 몸으로 느낄 수 있는 말도 있으니까.

할아버지 할머니가 우리와 함께 살게 된 뒤로 나를 괴롭히는 건 침묵이었다. 모두가 입을 다물 때 나타나는 침묵, 할아버지가 말하던 중 멈췄을 때, 할머니가 식탁에서 오렌지 껍질을 까며 추억을 펼쳐놓지만 할아버지가 보지 못할 때, 나는 그 순간의 침묵을 견딜 수 없어서 귀머거리가 되고 싶었다.

"들어가도 되겠니?"

할머니가 문틈으로 머리를 내밀었다. 나는 침대에 앉아 있었다. 귀머거리는 못 되었기 때문에 나는 벙어리가 되었다. 고개를 끄덕였다. 할머니가 들어와서 문을 닫고 내 옆에 앉았다.

"샌드위치일 뿐이야. 화내지 마라."

"그런데 오늘은 기분도 좋지 않으셨어요."

"그랬을 거야."

"내일은 놓고 오지 않으셨으면 좋겠어요. 그럴 수 있겠죠?"

"할아버지가 놓고 가신 게 아니라 내가 못 챙겼어. 알겠니?"

나는 고개를 끄덕였다. 다시 벙어리가 되었다.

"그래……. 남은 거 다 먹고 싶지 않아? 주방에 있는데, 같이 가자."

나는 몸짓으로 아니라고 했다. 할머니가 일어나서 아주 천천히 나갔다. 그리고 아주 천천히 오래 걸려 문을 닫았다. 마치 문을 닫는다는 것이 아직 이해가 안 되는 어떤 일인 것 같았다. 할아버지의 말처럼.

숙제

할머니가 천천히 닫고 나간 문을 여는 데 무척 힘이 들었다. 무거웠다.

할머니는 주방에 앉아 책에서 눈을 뗀 채 책을 읽고 있었다. 문이 왜 그렇게 무거웠는지 알 수 있었다. 할머니가 문을 바라보고 있었기 때문이다.

"오늘 숙제 있니?"

나는 고개를 끄덕였다.

"그럼 이리 와 앉아서 숙제를 하자. 네 엄마가 곧 도착할 거다."

그래서 나는 숙제를 했다. 내 눈은 공책 밖을 바라보고 있었다. 할머니가 책을 바라보지 않았던 것처럼. 할아버지가 이제 신문을 바라보지 않는 것처럼. 각자가 종이 안으로 숨어들었다. 왜냐하면 엄마가 곧 귀가하기 때문이다.

엄마는 아침처럼 기분이 좋아서 귀가했다. 계속 귀네비어 왕비였다. 현관문을 얼마나 힘차게 열고 들어왔는지 우리 머리카락이 바람에 날려 헝클어질 지경이었다. 나는 힘껏 공책을 잡았다.

"말을 안 하네!"

할아버지 할머니가 나를 가리켰다.

"아, 아직도 숙제하는 거야?"

나는 고개만 끄덕였다. 나는 계속 벙어리가 되어야 할 것 같았다. 책 뒤에서 할머니가 침묵하라고 하는 것 같았다. 두 클론은 주방으로 들어갔고 할아버지는 신문 속에 파묻혀서 기사처럼 회색빛이 되었다.

회색빛

엄마와 할머니가 주방에서 나왔을 때 나는 수학 숙제를 세 번이나 검토했다. 엄마와 할머니도 회색빛이 되었다. 그런데 새로운 색깔의 빛이 현관문을 통해 들어왔다. 아서왕이었다.

“배고파……. 저녁 먹을 거 뭐 있지?”

주방의 불 위에는 아직 끓는 냄비도 없었고, 클론의 머리 두 개만 끓고 있었다.

“그럼, 오늘은 빵과 치즈와 소시지군요!”

아빠의 허기는 모두 할아버지와 내가 잃어버린 것이었다.

소시지

엄마와 할머니가 조리대 한쪽 구석에 딱 붙어 서서 소시지와 치즈 접시를 준비했다. 소시지와 치즈를 얇게 썰어 조심스럽게 접시에 담았다. 아빠는 세 사람 몫의 허기 때문에 서둘러 빵을 자른 다음 토마토를 얹었다. 할아버지와 나는 말없이 식탁을 차렸다.

"모두 맛있게 드세요!"

아빠는 계속 기분이 좋았다. 진한색의 둥근 소시지 조각을 하나 집었다. 아빠 손 위에서 무척 먹음직스럽게 보였다.

"잔, 오늘은 소시지 먹고 싶지 않아?"

"벌써 간식으로 먹었단다. 안 그러니, 얘야?"

나는 접시 가운데 검은 구멍만 보였다. 아빠가 몇 개를 먹었다.

과거를 향해

오늘 나는 옛날 꿈을 꾸었다. 나는 할머니 할아버지의 빌라베르 집에 있었다. 여름에도 언제나 장작 타는 냄새가 나는 조그만 이층집이다. 할아버지는 서재 겸 작업실에서 시간을 알려 주지 않는 시계와 씨름 중이었다. 할머니는 감자를 까고 있었다. 아빠와 엄마는 옥상에서 책을 읽으면서 햇빛을 쬐고 있었다. 그리고 나는 모두를 바라보고 있었다. 내가 있었는지 없었는지 모르겠다. 하지만 내가 보이지 않았던 것 같다. 나는 보고 또 보고 또 보았다. 거기에 있었다. 할아버지와 시계, 할머니와 감자, 햇빛 아래 아빠와 엄마, 그리고 장작 타는 냄새. 나는 그 냄새를 음미하고 있었다. 그런데 갑자기 내가 보였다. 나는 할아버지 손에 있는 더는 시간을 알려 주고 싶어 하지 않는 시계였다. 배가 아팠다. 배가 많이 아팠다. 왜냐하면 할아버지가 나에게 O처럼 동그란 새 나사를 넣으려고 했기 때문이다.

6장

빌라베르

장작

한번은 모세 할아버지 할머니 댁에서 주말을 보내려고 간 적이 있다. 생 안토니 데 칼론제의 바닷가 마을이었다. 수영장이 있는 집이라 온종일 수영복만 입고 슬리퍼만 신고 지냈다.

"밥 먹고 잠잘 때만 물에서 나오자!" 모세가 신이 나서 말했다.

"그런데 장작 냄새는?"

"장작 냄새가 뭐야?"

"할아버지 할머니 집에서 나는 냄새잖아."

"뭐라고? 아니야. 우리 할아버지 할머니 집에서는 바다 냄새가 나."

그때 나는 할아버지 할머니 집에는 특별한 냄새가 있는데 항상 똑같지 않다는 사실을 알게 되었다.

할머니들도 마찬가지다. 할머니들도 각자 특별하고 유일한 냄새를 갖고 있다. 모세 할머니에게서는 선크림과 생선가게의 해초 냄새가 난다.

"이게 뭐예요?"

나는 끼니때마다 처음 보는 생선이나 해산물을 보고 놀랐다.

"굴이란다. 처음 보니? 우리는 정말 좋아해!"

모세네 로버트 할아버지는 굴 하나를 손에 들고 다른 손으로는 레몬즙을 짜서 몇 방울 떨어뜨렸다. 그러고 나서 입을 벌리고 입안에 주름이 많고 못생기고 끈적끈적한 내용물을 넣고 눈을 감았다. 그런 다음 아주 큰 소리로 옆에서 불편할 정도로 쩝쩝거리면서 '냠!' 소리를 내며 맛을 보았다.

"너도 한번 맛을 봐, 잔!" 모세가 나를 부추겼다. 모세는 할머니가 식탁 한가운데 놓아둔 접시에서 이미 하나를 집어 들고 있었다.

"무슨 맛이 나?" 나는 조금이라도 늦게 입에 넣으려고 질문을 했다.

"바다 맛!" 세 사람이 동시에 말했다.

피나 할머니는 "얘야, 편하게 말하렴. 내가 너무 늙은이 같으니까." 이렇게 말하고는 굴 하나를 집어 레몬 몇 방울을 떨어뜨린 다음 나에게 주었다.

"잔, 무서워하지 말고 먹어보렴."

나는 입으로 가져가서 쳐다보지 않으려고 눈을 감고(로버트 할아버지처럼 '냠!'이라고 말하지 않으려고) 천천히 맛을 보았다. 처음에는 두려웠는데 그다음에는 구역질이 났다. 왜냐하면 내가 상상했던 것보다 식감이 이상했기 때문이다. 마침내 눈을 크게 떴다.

"맞아요. 바다 맛이 나요!"

"맛있지?"

"전혀요!" 절망적으로 오렌지 주스 컵을 찾아 뒤면서 대답했다.

세 사람은 웃었다. 그리고 굴 한 접시를 다 비웠다. 그동안 나는 새우구이를 공격했다. 로버트 할아버지가 가르쳐 준대로 '전문가'처럼 새우 머리를 빨아먹었다.

모세 할아버지 할머니 댁에서는 바다 냄새가 났고 또 바다 맛이 나는 음식을 먹었다. 우리 할머니 할아버지 댁에서는 장작 냄새가 났고 장작 맛이 나는 음식을 먹었다.

몇 주 뒤에 모세도 빌라베르에 있는 우리 할머니 할아버지 댁에서 이틀을 머물렀다.

"이게 무슨 소리지!" 모세가 집에 들어가자마자 귀를 막고 할아버지의 옛 시계들을 관찰하더니 이리저리 벽을 둘러보기 시작했다. "어떤 시계가 맞는 거야?"

할아버지는 웃음을 터뜨리고 우리를 작업실로 데려갔다. 거기서 우리는 할머니가 저녁 먹으라고 부를 때까지 있었다. 할아버지는 진열장에 보관한 수많은 오래된 시계의 내부를 보여 주었다. 어떤 이웃이 고쳐달라고 가지고 왔는데 찾아가지 않은 뻐꾸기시계까지 보여 주었다.

"잠을 잘 수 없어서 버리고 싶었던 것일지도 몰라!"

우리 셋은 한참을 웃었다.

그런데 다음 날 아침이 되자 모세는 웃지 않았다. 할아버지가 '초상집' 얼굴이라고 말하는 두려움에 찬 표정을 하고 있었다.

"얘야, 무슨 일이냐?"

할머니가 부뚜막 앞에 있는 의자에 모세를 앉게 했다. 증조할머니가 돌아가실 때까지 앉아 있던 의자였다. 나는 거기에 한 번도 앉아본 적이 없다. 왠지 거기에 앉으면 할머니 품에 안긴 느낌이 들 것 같았고 또 할머니가 항상 의자에 벼룩이 많다고 했기 때문이다.

"한숨도 못 잤어요. 밤새 똑딱거리는 소리가 더 많이 더 크게 들리고 나중에는 말도 하고 리듬에 맞춰 노래까지 하는 것 같았어요. 신경이 곤두서서 잠을 잘 수 없었어요!"

할아버지는 웃었고 할머니는 팔꿈치로 모세를 쿡 찔렀다. 아빠도 빌라베르에서 잠을 잘 때 똑같은 일을 겪었다. 눈 밑에 어두운 그림자를 드리운 채 일어났고 보통 때보다 목소리가 더 잠겼다. 그리고 종일 투덜댔다. 잠을 못 자서 생긴 일이다.

모세의 눈 밑에는 어두운 그림자가 없었다. 오히려 조금 부어 있었다. 목소리는 평소와 비슷했지만 조금 작았다. 할아버지가 아직 빗지 않은 머리카락을 쓰다듬으면서 달랬다.

"아침 먹고 나서 텃밭으로 가자. 거기 가면 아몬드 나무 아래에서 틀림없이 눈을 좀 붙일 수 있을 거다. 거기 가면 모든 게 다 나아질 거야!"

나무에 대한 할아버지의 믿음이다.

텃밭

모세의 아몬드 나무다. 할아버지 할머니의 텃밭에 아몬드 나무가 한 그루 있었는데 그날부터 모세의 나무가 되었다. 왜냐하면 거기서 모세가 코를 골면서 낮잠을 잤기 때문이다. 하지만 먼저 텃밭이 무엇인지 이야기해주어야 했다.

"어떻게 텃밭이야? 무슨 밭인데?"

"과수원 같은 밭이야."

"하지만 너희 할아버지 할머니 집은 마을 중앙 시멘트 바닥으로 된 광장에 있잖아.

"내가 말하는 텃밭은 빌라베르 교외에 있는데 30분쯤 걸어가야 해."

"그러면 농부인 거야?"

"아니야. 그 땅은 우리 증조할아버지 땅이었는데 증조할아버지는 농부셨어. 아몬드와 땅콩, 사과, 복숭아를 키우셨어. 할머니는 옷 디자이너고 할아버지가 뭘 하는지는 알잖아, 그렇지?"

"그만!"

"지금은 텃밭에 아몬드 나무 몇 그루와 무화과나무 한 그루, 감자, 토마토, 상추, 이런 것들이 있어. 할아버지 할머니는 기분 전환 삼아 다리를 뻗으러 가신대."

"그럼 빨리 가자. 여기는 햇볕이 너무 뜨거워!" 모세는 눈이 부신지 눈을 감으면서 말했다. 그의 아몬드 나무가 될 나무 그늘을 향해 걸어가는 동안 모세는 이미 반쯤 졸고 있었다.

모세가 잠을 자는 동안 할아버지와 나는 가족의 역사가 담긴 나무를 한 그루 한 그루 살펴보았다.

"할아버지, 그런데 버드나무는요? 정확하게 어디에 있어요?"

"광장에."

"광장에요? 하지만 거기는 시멘트로 덮여 있잖아요!"

"버드나무보다 시멘트가 나중에 왔어. 나중에 이야기해 줄게."

뜨거운 태양

"준비됐어?"

아빠는 마을 광장에 주차하고서 시동을 끌 때마다 이렇게 물었다. 그러면 엄마는 투덜대면서 도시 촌뜨기라고 했다. 그리고 차에서 내려서 숨을 크게 들이마셨는데, 언젠가는 가슴이 너무 부풀어서 날아가 버릴 것만 같았다.

"기억해 둬. 첫 번째 그늘은 크루다 집이야!"

아빠는 원격으로 자동차 문을 잠그며 할아버지 할머니 댁으로 가는 길에 있는 첫 번째 집까지 뛰어가 발코니 그늘에 몸을 숨겼다.

반대로 엄마는 태양에 몸을 맡긴 채 천천히 걷다가 멈춰 서서 생전 처음 숨을 쉬어보는 듯 공기를 들이마셨다.

나는 언제나 엄마처럼 하려고 했다. 하지만 도저히 참을 수 없는 순간이 왔고 그러면 나도 크루다의 집까지 미친 듯이 뛰어갔다.

모세 말이 맞았다. 빌라베르의 태양은 뜨거웠다. 그러나 거기에서 태어난 엄마는 정말로 태양에 몸을 맡겼다. 햇빛 아래에서 엄마는 더 온화하고 더 핑크빛이고 더 여유롭게 보였다. 모든 것이 엄마와 정말 잘 어울렸다. 내가 눈을 조금 감고 크루다의 집 그늘에서 엄마를 관찰할 때 엄마는 어린아이처럼 보였다. 그래서 나도 무릎까지 바지를 걷어 올리고 소리를 지르면서 깡충깡충 뛰며 달려가고 싶었다. 단 몇 초만이라도 언젠가 꼭 그렇게 해보고 싶었다.

사람들은 그녀가 바르셀로나의 보티파라✣와 비슷하지만 훨씬 더 맛이 있는 롱가니사✣✣를 만들기 때문에 크루다✣✣✣라고 불렀다. 모세는 이름을 듣는 순간부터 무서워하기 시작했다. 마침내 크루다인 마넬라 부인을 보았을 때는 달아날 뻔했다.

마넬라 부인은 언제나 검은 옷을 입었다. 남편이 돌아가신 뒤부터 상복을 입었다고 엄마가 말했다. 벌써 30년도 더 지났다고 했다. 게다가 눈에 병이 있어서 직사광선을 쬐면 안 됐다. 태양이 사정없이 내리쪼이는 빌라베르에서! 그녀는 거대하고 무척 어두운 선글라스를 끼고 다녀서 한 번도 눈을 볼 수 없었다. 뒤틀린 나무 지팡이를 사용해서 걸었는데, 30년 전에는 틀림없이 나뭇가지였을 것이다. 회색빛 머리카락은 하나로 높이 묶었는데, 볼품없어서 안경 쓴 호두껍데기처럼 보였다.

"안녕하세요? 마넬라 부인. 이 아이는 주말에 우리와 함

✣ 스페인 카탈루냐 지방의 소시지로 돼지고기와 소금, 후추, 약간의 향신료로 만든다.

✣✣ 다진 쇠고기와 돼지고기로 만든 스페인의 소시지.

✣✣✣ 크루다는 날것, 생것이라는 뜻이다.

께 지내러 온 잔의 친구 모세예요." 할머니가 크루다 부인이 잘 듣도록 소리쳤다.

"안녕, 꼬마야. 집에 가면 롱가니사가 있을 거야!"

크루다가 모세의 어깨에 손을 얹었다. 모세의 몸이 빗자루 막대처럼 뻣뻣하게 굳었다.

"크루다를 봤다는 건 집에 다 왔다는 거란다!" 할아버지가 집으로 향하며 웃었다. "틀림없어!"

"그런데……. 롱가니사가 어쨌다는 말이야?" 모세가 아직도 떨면서 물었다. "크루다가 뭘 가지고 롱가니사를 만드는데?"

할아버지 할머니가 웃음을 터뜨려서 내가 내 친구를 진정시켜야 했다. 모세는 몇 분 전에 마넬라 부인의 손이 있었던 어깨를 계속 문지르고 있었다.

할아버지는 카탈루냐 광장에 살고 있다고 말하는 걸 좋아했다. 사람들은 그 말을 들으면 할아버지가 바르셀로나에 사는 줄로 믿었다. 그러면 할아버지는 할아버지의 카탈루냐 광장은 20평밖에 되지 않으며, 세 집뿐이라고 털어놓았다. 그러고 나서 빌라베르의 이름을 말할 때 할아버지의 얼굴은 뿌듯해서 빛을 발했다. 할머니는 초조해했다.

"조안, 허풍 좀 그만 떨어요!"

빌라베르의 카탈루냐 광장은 우리 교실보다도 더 작았다. 세 집의 현관이 있고, 화분 몇 개, 그리고 돌 벤치가 하나 있었다. 해가 많이 비치지 않았다. 지금은 바닥이 시멘트로 되어 있지만, 할아버지가 내 나이였을 때는 바람이 이 출구 없는 광장에 들어오면 황토색 모래 구름이 생겼다고 했다. 할아버지는 그렇게 출구 없는 광장이라고 부르면서 라디오처럼 큰 소리로 전 카탈루냐 지방에서 유일하다고 했다. "다른 이름이 없어. 막다른 골목은 많아. 하지만 출구 없는 광장이라는 말 들어본 적 있어?" 그러고는 눈을 빤히 바라보면서 어깨를 귀에 닿도록 으쓱 올리고 비가 오는지 보려는 듯 손을 뻗고 미소를 지었다. 할아버지 말이 딱 맞는다고 하는 할아버지의 표현 방식이었다.

한 집에는 이제 아무도 살지 않았고 다른 집에는 우리

할아버지와 할머니처럼 마틸데 할머니와 이그나시오 할아버지가 살았다. 여름이면 손자 안토니오가 오는데, 나보다 한 살 많았고 마을 구석구석 모르는 곳이 없었다.

2년 전 여름부터 안토니오와 나는 마요르 광장에 가서 공놀이를 해도 좋다는 허락을 받았다. 왜냐하면 우리의 광장은 너무 작아서 언제나 벽에다 슛을 해야 했고 그러면 10년 전부터 두통을 앓던 마틸데 할머니가 시끄럽다고 야단쳤기 때문이다.

할아버지는 출구 없는 이 광장에서 자전거 타는 법을 배웠다고 했다. 넘어지려고 하는 순간 팔을 뻗어서 가장 가까운 벽을 잡거나 가운데에 심어진 나무를 잡으면 넘어지지 않았다고 했다.

그렇게 좁은 공간에서 원을 그리며 페달을 밟는 건 상상하기도 어려웠다. 모래 구름 속에서 눈은 핸들을 바라보지 않고 정면을 바라봐야 했을 것이다. 벽에 부딪치는 우리의 공처럼 할아버지의 시선도 자꾸 막혔을 것이다. 우리는 마틸데 할머니가 창문에서 제발 그만하라고 애원할 때까지 공을 차며 놀았다. 그런데 이 광장 한가운데 나무가 한 그루 있었다는 건 더 상상하기가 힘들다.

"여기 나무가 있었다고요? 그럴 리가요!"

"물론 있었단다, 잔. 내가 말했잖니. 내 버드나무가 있다고."

마요르 광장

"잔, 차 조심해라!"

할머니는 우리가 마요르 광장에 갈 때마다 항상 신경을 썼다. 왜냐하면 마을로 들어오는 모든 자동차가 그곳으로 왔기 때문이다. 하지만 빌라베르는 너무나 조용해서 자동차가 나타나기 훨씬 전 소리만 듣고도 알 수 있었다. 공을 들고 돌 벤치로 가 앉을 시간이 충분했다. 또 나는 바르셀로나에서 왔고 안토니오는 코르넬라에서 왔기 때문에 우리는 차 조심하는 데 훈련이 잘되어 있었다.

물론 언제나 벤치에 앉을 수 있었던 것은 아니다. 대부분은 마을 어른들이 차지하고 있었다. 그곳은 광장에서 유일하게 그늘진 곳인 데다가 교회, 그네, 마을로 향하는 거리, 자동차들이 들어오는 도로, 빨래터로 향하는 비탈길 등 모든 것이 보였다.

벤치가 꽉 차 있을 때는(네 명이 정원이다) 더 조용했다. 어른들은 대화를 하지 않았고 서로 바라보지도 않았다. 이쑤시개나 회향풀 가지를 질근질근 씹으면서 멍하니 먼 곳만 바라보았다.

가끔 그들 중 한 사람이 시계를 보려고 왼쪽 팔을 코에서 두 뼘 정도 떨어진 곳까지 들어 올릴 때가 있었다. 항상 같은 사람은 아니었다. 시계를 보고 나서 몇 시인지 말을 해주면 나머지 사람들은 고개를 끄덕였다.

할아버지는 그런 식으로 시간을 보내는 것이라고 했다. 내가 그렇게 오후 시간을 길게 늘이는 거냐고 했더니 할아버지도 벤치에 앉아 있던 어른들처럼 고개를 끄덕였다. 그리고 말했다. "맞는 말이야, 잔."

시간

할아버지 댁에서 시간은 훨씬 더 느릿느릿 지나갔다. 뜨거운 태양 때문인지, 깊은 고요 때문인지 아니면 똑딱거리는 수많은 시계 때문인지 알 수 없었다. 할아버지는 반대로 바르셀로나에서는 너무 서두른다고 말하곤 했다. 할아버지 말이 맞을 수도 있다. 여름이 끝나고 한 달 이상 시골에서 지내다 돌아오면 생활의 리듬을 다시 찾는 데 여러 날이 걸렸다.

"좀 서둘러. 꼭 빌라베르 사람 같구나!" 엄마가 웃으면서 말했다.

그러고 나서 할아버지가 시계 수리에 필요한 특수 부품을 찾으러 도시에 처음 갔을 때의 이야기를 다시 들려주었다.

할아버지는 사람들이 타예르 거리를 빨리 뛰듯이 걸어가는 걸 보고 불이 났나 싶어 덩달아 달려갔다. 부품 가게에 도착한 할아버지는 화재에 대해 뭔가 아는지 물어보았다. 너무 놀란 가게 주인이 연기를 찾아보려고 거리로 나갔다가 아무 일도 없는 것을 보고 할아버지에게 뛰어가던 사람들이 어디 있는지 물어보았다. 할아버지는 거리를 지나가는 모든 사람을 가리켰고, 가게 주인은 웃음을 터뜨리고 어디에서 왔냐고 물었다. 그러자 할아버지는 자신의 마을 이름을 신나서 이야기했다. 가게 주인은 채 1년도 지나지 않아 할아버지의 마을을 찾아왔다. 그리고 5년 뒤에 엄마가 태어났고 할아버지와 가게 주인 미냥브레스 씨는 무척 가까운 친구가 되어서 엄마의 세례식에서 대부가 되어 주었다. 나는 그분을 만날 수 없었다. 아빠도 마찬가지였다. 엄마와 할머니, 할아버지는 그분이 빌라베르를 너무나도 사랑하게 되었고 그분의 가게에 빌라베르의 광장과 강, 빨래터, 암자 등 마을 구석구석의 사진을 걸어놓았다고 했다. 그분은 무척 훌륭한 사진작가이기도 했다.

할아버지 댁의 거실에는 엄마가 어렸을 때 미냥브레스 씨의 스튜디오에서 찍은 사진이 걸려 있다. 액자 뒤에는 가게 주소가 적혀 있다. 레캄비오스 미냥브레스. 타예르 거리 33번지. 바르셀로나.

옥상

안토니오와 놀려고 밖에 나가지 않을 때면 나는 옥상에 올라가는 것을 좋아했다. 마을 전체와 주변의 들판이 모두 보였다. 할아버지는 아몬드를 햇빛에 말리려고 펼쳐놓았고 할머니는 색색의 제라늄꽃 화분을 많이 갖고 있었다. 게다가 긴 철사줄이 하늘을 가로지르고 있어서 빨랫줄로 사용되었다. 이불이 널려 있으면 이불은 곧 내 배의 돛이 되었다. 나를 둘러싼 들판과 산은 어느새 바다가 되어 항해를 떠났으며, 나는 빨래집게를 연결해서 칼을 만들고 해적과 맞서 싸웠다. 할아버지 할머니와 내가 잠들면 엄마 아빠는 의자 두 개와 포도주잔 두 개를 들고 옥상에 올라가 시원한 바람을 즐겼다. 마치 어둠에 싸여 숨어 있는 듯했지만, 엄마는 봐야 할 것들을 보기에 충분하다고 말했다. 아빠의 반짝이는 눈과 별, 달 그리고 포도주잔.

겨울이 되면 장작 태우는 냄새가 가장 잘 나는 곳이 옥상이었다. 난로의 굴뚝이 옥상에 있었기 때문이다. 나는 양떼처럼 하늘을 향해 올라가는 연기 구름을 멍하니 바라보곤 했다.

어느 날 내가 푸른 하늘로 흩어지는 양 떼들을 멍하니 보고 있는데, 할아버지의 버드나무도 집을 따뜻하게 한 다음에 하늘로 날아올랐다고 이야기했다.

"나무를 태웠어요?"

"그래. 장작을 만들었지."

"그런데 왜요?"

"왜냐하면 나무를 베어야 했기 때문이야."

그 말을 하고 할아버지는 하늘을 바라보았는데, 버드나무의 연기 구름을 찾는 것 같았다. 왜 할아버지의 버드나무를 베어야 했는지 묻지 못해서 속상했다. 때마침 할머니가 저녁 먹으라고 불렀기 때문이다.

난로

우리는 크리스마스 때도 빌라베르에 갔고 '모든 성인의 날'에도 카스타냐다✣를 하러 갔다. 할머니가 난로에 밤을 구워서 온 집 안에 군밤 냄새가 가득했다. 그런데 바르셀로나보다 더 추웠기 때문에 패널렛✣✣보다 따뜻한 밤과 고구마가 더 구미가 당겼다.

크리스마스에는 장작 인형이 난로 앞에서 쉬면서 귤을 먹었다.✣✣✣ 내가 어렸을 때 해마다 장작 인형을 거기에 두는 것을 보고 내가 화를 냈다고 할아버지는 말했다. 왜냐하면 그의 종족인 나뭇가지들이 타는 것을 보여 주는 것이 좋아 보이지 않았기 때문이다. 내가 그 이야기를 하면 모두 웃었지만 나는 하나도 우습지 않았다.

겨울에 할아버지 할머니가 바르셀로나 우리 집에 오면 언제나 난방을 너무 세게 틀어 덥다고 했다. 추위는 털옷과 장작으로 이겨내야 한다고 했다. 그러면 아빠는 문명의 진보에 관해 이야기했고 할아버지는 히터 쪽으로 가면서 이

✣ 이베리아반도의 전통 축제로 '모든 성인의 날' 전날부터 가족이 함께 모여 군밤과 군고구마, 아몬드와 잣 쿠키를 달콤한 와인과 함께 즐긴다.

✣✣ 동그란 형태의 아몬드와 잣 쿠키.

✣✣✣ 카탈루냐 지방의 크리스마스 풍습으로 장작 인형을 만들어 난로 앞에 놓아두는데, 귤, 오렌지, 견과류 등 장작 인형을 위한 간식도 함께 놓아둔다.

렇게 말했다. “이건 폭탄과 같아!” 그러면서 당신의 뜻을 굽히지 않았다. 엄마가 중재하고 나서서 옛 난로의 냄새가 그립지만, 요즘의 난방기구가 더 실용적이고 깨끗하다고 이야기하면서 논쟁을 무마시켰다. “하지만 더 비싸.” 할아버지가 한마디 덧붙였다. 논쟁은 언제나 할아버지의 마지막 말로 끝났다.

도착

할머니는 할아버지와 아빠가 너무 똑같아서 '부딪친다'고 했다. 부딪친다는 말은 서로 화를 내고 논쟁을 한다는 말이라고 알고 있다. 하지만 할아버지와 아빠의 논쟁은 언제나 기분 좋게 끝났다. 엄마가 개입해야 할 때도 많았지만 말이다.

빌라베르에 도착하면 엄마는 할머니와 이야기하려고 주방문을 닫고 들어갔다. 그러면 할머니는 엄마에게 마을 사람들의 이야기를 들려주었다. 누가 결혼을 했는지 누가 이혼을 했는지, 누가 아이가 태어날 때를 기다리는지 누가 죽었는지 같은 이야기들이었다. 아빠는 할아버지 작업실 문을 두드리고 창가에 있는 의자에 앉아서 할아버지가 손에 들고 있던 연장을 작은 서랍에 넣을 때까지 조용히 옆에서 함께 했다. 그러고 나서 일에 대해서, 돈에 대해서 이야기를 나누었고 할아버지는 아빠에게 강의를 했다. 아빠가 기분이 좋은 날이면 맞장구를 쳤고 그렇지 않으면 논쟁으로 이어졌다.

엄마는 주방에서 가끔 작업실 쪽을 보며 상황을 살폈다. 그리고 필요하다 싶으면 다가가서 중재했다. 나는 주방에 있을 때도 있고 작업실에 있을 때도 있었다. 아니면 옥상에 올라가서 이불 빨래가 널려 있으면 그 사이에서 내 배를 타고 항해를 했다.

빌라베르에는 언제나 같은 시각에 도착하는 것이 좋았다. 뜨거운 태양을 피해서 자동차에서 내려서 크루다 부인의 집 현관으로 피신했다가 광장에 도착하고 마틸데 할머니와 이그나시오 할아버지에게 인사하고, 그러고 나서 할머니 할아버지 집으로 올라갔다. 그리고 점심 먹을 때까지 주방과 작업실에 흩어져서 지냈다. 그렇게 우리는 아침 이른 시각에 도착했고 밤에 빌라베르를 떠났다. 할아버지가 언제나 말했듯이 '빌라베르를 떠나는 건 아쉬웠다.'

7장

어떤 집

왜

오늘은 아빠가 기분이 안 좋아서 퇴근했다. 할아버지 할머니와 나는 거실에서 도미노 게임을 했는데, 엄마는 우리를 안 보는 척하며 보고 있었다. 엄마는 아빠의 안락의자에 앉아 있었는데, 아빠가 현관문에 나타났을 때처럼 엄마 기분도 안 좋았다.

"잔, 함께 숙제를 검토해보지 않겠니?"

"지금요? 하지만 지금 게임 중이고 아빠는 방금 퇴근했는데."

"아들, 지금 바로 숙제를 검토해보자."

아빠와 내가 내 방으로 가자 엄마가 안락의자에서 일어났고 할아버지는 도미노 말들을 담기 시작했다. 그때의 할아버지 표정을 나는 이해할 수 없었고 결코 잊지 못할 것이다.

"무슨 일이에요, 아빠?"

"먼저 숙제를 보자."

"아니, 무슨 일이에요? 왜 문을 닫았어요? 엄마 아빠 표정이 왜 그래요?"

"무슨 표정?"

"표정이 어두워요."

"아니야, 잔. 아들아, 우린 그냥 피곤해서 그래. 아무 일 아니야."

"아빠!"

아빠가 나를 바라보았다. 나는 아빠가 나에게 말해줄 거라는 사실을, 무척 힘들겠지만 결국 말해줄 거라는 사실을 알았다. 할아버지 할머니가 왜 우리와 함께 살게 되었는지, 할아버지가 실수를 하거나 뭔가를 잊어버리면 할머니와 엄마가 왜 그토록 안절부절못하는지, 왜 갑자기 모두 표정이 어두워지고 눈가가 촉촉해지는지, 할아버지 할머니가 우리 집에서 함께 살게 됐는데, 왜 나만 기뻐하는지 등등. 내가 궁금했던 모든 질문에 대답해주리라는 걸 알았다.

할아버지의 망각

할아버지는 조금씩 모든 것을 잊어갔다. 할아버지가 살아왔고 배워왔던 모든 것이 지워지고 있었다. 낫지 않는 병이었다. 몇 년 전에 알게 되어서 병이 진행되지 않도록 약을 먹었다. 병이 천천히 진행되도록 하는 수밖에 없었다. 하지만 결국 바르셀로나에 와서 우리와 함께 사는 것이 최선이었다. 이제 할머니 혼자 감당할 수 없었기 때문이다.

"하지만 저는 아무것도 몰랐어요."

"다행이야, 꼬마 왕."

"아니에요. 할아버지 상태가 몹시 나쁘지 않다는 말을 하는 거예요. 보통 때와 똑같아요. 보통 때와 똑같다고요!"

아빠는 침대 발치에 앉아서 내 말을 들었다. 나는 소리치고 화를 내면서 틀렸다고, 모두 틀렸다고, 할아버지는 괜찮다고 말했다.

내가 잠잠해지자 아빠는 처음에는 망각이 사소해서 표시가 나지 않지만 조금씩 악화되어서 거의 아무것도 기억하지 못하게 되는 날이 올 거라고 했다. 그래서 지금 우리와 함께 사는 거라고도 했다. 할아버지가 모든 것을 잊어버리기 전에 최대한 우리와 함께 있는 시간을 즐기도록 말이다.

눈물이 나고 화가 나서 나는 아빠 품으로 달려들었다. 아빠를 때리기 위해서였는지 아빠를 끌어안기 위해서였는지 모르겠다. 아빠가 나를 세게 끌어안고 한참 동안 놓아주지 않았다.

"잔, 아들. 받아들이기 쉽지 않을 거라는 거 알아. 여태 말하지 않았던 건 네가 몰랐으면 해서야."

이제 더는 모를 수 없었다. 할아버지의 망각은 이름이 있는 병이었다.

모두 한집에서

아직 더 있었다. 엄마는 할머니 할아버지와 함께 식탁에 앉아 있었다. 엄마가 말을 하기 전에 할아버지가 도미노 말들을 정리하지 못한다면 다시는 도미노 게임을 할 수 없게 될지도 몰랐다.

"이제부터 우리 모두 한집에서 살게 되었어." 아빠가 나에게 말했다.

"그건 이미 알고 있어요, 아빠. 벌써 두어 달 전부터 우리 다섯 명이 함께 살고 있잖아요."

"내 말은 앞으로 계속 그럴 거라는 거야."

"저도 그렇게 생각했어요."

"우리는 이 집 하나만 갖게 될 거야."

"집 하나라고요? 무슨 말이에요? 이 집요? 이……. 아파트요? 어떻게? "

"빌라베르에 있는 집을 팔려고 해……. 할아버지 할머니가 여기로 오실 때 이야기했어……."

나는 방을 나가서 주방에 있는 할아버지 할머니 얼굴을 마주할 자신이 없었다. 엄마는 빌라베르 집을 비우고 집을 내놓을 때가 되었다고 할아버지 할머니를 설득하고 있었다.

시큼한 향

거실에 들어갔을 때 시큼한 냄새가 났다. 할아버지는 의자에 앉아서 천장을 바라보고 있었다. 내가 나타나자 잠시 나를 바라보더니 부끄러운 듯 곧바로 시선을 돌렸다. 할머니는 계속 식탁에 앉아서 도미노 말들을 정리했다. 도미노 말을 뚫어져라 바라보면서 나를 바라보지 않았다. 내가 느낀 나쁜 향은 할머니의 향수 구름이었다. 상하기 시작한 것 같았다. 아빠와 엄마는 방에서 이야기를 나누는 것 같았다. 우리를 갈라놓은 벽을 통해 아빠와 엄마의 차분한 목소리가 들리는 것 같았다.

단추

나는 할아버지에게 달려들어 아주 세게 끌어안았다. 할아버지 목에 코를 박고 할아버지 옷에서 나는 비누 냄새를 맡고 면도 거품 냄새를 맡았다. 할아버지의 단추를 바라보았다. 언제나처럼 모두 잘 채워져 있었다. 나는 할아버지가 단추를 채우지 못하는 날이 올 수도 있겠다고 생각했다. 나는 단추 하나를 만졌다. 내가 단추들을 채워드리겠다고 결심했다. 그러면 할아버지 단추는 언제나 잘 채워져 있을 것이다. 이런 생각을 하자 눈물이 나서 할아버지 어깨에 얼굴을 파묻었다. 그때 도미노 말 하나가 바닥에 떨어지는 소리가 들렸다.

할아버지 품에 안긴 채 고개를 살짝 돌려보니 할머니가 행복하면서도 슬픈 표정으로 우리를 바라보고 있었다. 나는 일어나서 시큼하면서도 폭신한 할머니의 품으로 달려들었다. 할머니의 옷에도 동전 같은 눈물 한 방울을 떨어뜨렸다.

"할머니, 같이 말을 정리해도 돼요?"

할머니는 장난을 치다 부모님께 야단맞은 어린아이처럼 고개를 끄덕였다. 나는 몸을 숙여 바닥에 있던 말을 주웠다. 블랭크 말이었다. 나는 다시 할머니를 바라보았다. 할머니 같지 않았다. 눈, 코, 입, 뺨 등 얼굴의 모든 부분이 몇 밀리미터 자리를 옮겨서 다른 사람처럼 보였다.

할머니에게 말을 건넸다. 할머니가 말을 받아 다른 말들과 함께 보관했다. 그러고 났더니 다시 우리 할머니로 돌아와 있었다. 할머니가 나에게 입을 맞추었다. 우리는 함께 주방으로 갔다.

"오늘 저녁 요리가 뭔지 한번 보자!"

다시 할아버지 할머니와 도미노 게임을 하게 된다면 나는 속임수를 써서 언제나 더블 블랭크 말을 가질 것이다.

집 비우기

할아버지에게 일어난 일과 곧 한집에서 함께 살 거라는 사실을 알게 된 날부터 할아버지 할머니와 우리 부모님은 집을 비우는 일에 대해서만 이야기했다. 이제 내가 모든 사실을 알기 때문에 내게 아무것도 숨기지 않았다. 그래서 나는 빌라베르의 집을 어떻게 처리할 것인지, 어떤 가구들을 마을 회관에 기증할 것인지, 어떤 것을 버리고 어떤 것을 바르셀로나로 가져올 것인지 등 모든 것을 자세하게 알게 되었다. 할아버지의 작업실은 이곳 다림질 방으로 옮기고 몇몇 그림과 사진과 몇 가지 보석, 꽃병과 오래된 재봉틀 등 할머니가 간직하고 싶어 하는 물건도 함께 가지고 오기로 했다.

트럭을 모는 안토니오의 아버지 나초 아저씨가 주말마다 아빠를 도와주었다. 집이 완전히 정리되면 우리는 하루 날을 잡아 빌라베르에 가기로 했다. 할아버지 기억이 아직 남았을 때 작별 인사를 하고 싶다고 했기 때문이다. 그 말을 듣고 우리는 누가 허벅지를 꼬집기라도 하듯이 어찌할 바를 몰랐다. 하지만 아빠는 우리가 강해져야 하고 할아버지가 원하는 일을 해야 한다고 했다. 그래야 나중에 우리의 마음도 좋을 거라고 했다. '나중에'라는 말을 나는 못 들은 척했다. 무슨 말인지 못 알아들은 척했다.

채우기

빌라베르의 집이 비워지는 동안 바르셀로나의 아파트는 빌라베르의 물건들로 채워졌다. 다림질 방뿐만 아니라 현관에는 할아버지가 만든 수많은 열쇠가 걸렸고, 할머니의 청동 그릇들은 아침 식사 때에 과일을 담는 용도로 주방에서 사용되었다.

나는 고장 난 뻐꾸기시계를 내 방으로 가지고 왔다. 아빠는 컴퓨터 책상 위에 걸어주겠다고 약속했고 할아버지는 필요한 연장들을 다 가지고 오면 고쳐주겠다고 했다.

뻐꾸기시계

엄마랑 할머니는 내 방에서 뻐꾸기시계를 볼 때마다 예민해졌다. 엄마가 할머니보다 더했다.

"잔, 이거 여기 놓고 싶은 거 맞아? 소리 나면 시끄럽지 않겠어?"

"무슨 말이에요! 할아버지가 아직 고치지 않아서 안 가는 건데요."

"고치지 않는 편이 낫지 않을까? 안 그래?"

"하지만 저는 노랫소리를 듣고 싶어요, 엄마!"

할아버지는 작업을 시작하려면 몇 가지 연장이 더 필요하다고 했다. 연장을 가지고 오면 바로 고쳐줄 거라고 하면서 두고 보라고 했다.

"망가진 채로 오랫동안 방치할 때는 언제고 인제 와서 고친다고 그래요? 고칠 수 있을 것 같수?"

"왜 안 된단 말이야? 내가 못 할 것 같아, 카테리나?"

"그런 말이 아니에요, 조안. 그런 말이 아니라."

주말이 되었고 아빠는 할아버지가 시키는 대로 할아버지의 작업실을 꾸몄다. 할아버지와 아빠가 뻐꾸기시계를 가지고 갔다. 할머니는 성호를 그었다. 한참 동안 할아버지도 아빠도 이제는 작업실이 된 다림질 방에서 나오지 않았다. 엄마와 할머니는 닫힌 문을 뚫어져라 바라보면서 소파에 앉아 있었다. 한참 뒤에 문이 열렸다.

"아직 안 됐어. 모레는 고칠 수 있어!" 할아버지의 눈이 기쁨으로 반짝였다. 할아버지의 그런 모습을 다시는 볼 수 없을 것 같았다.

"모레요? 왜 내일이 아니에요, 할아버지?"

"왜냐하면 내일은 빌라베르에 갈 거라서."

나는 기뻐서 깡충깡충 뛰고 싶었다. 그러나 부모님과 할머니의 눈빛을 보고 할아버지와 함께 가는 마지막 날이 될 거라는 사실을 알아차렸다. 웃음이 다시 들어가 버렸다.

그날

할아버지 할머니와 하루를 함께 지내기 위해 밖으로 나간다는 건 아직 밤처럼 캄캄할 때 일어나서 아무것도 먹지 않고 집을 나간다는 말이다. "가면서 아침을 먹을 거야"라고들 말했다. 아빠 기분이 나빠지기 시작했다. 왜냐하면 일요일은 식탁에 제대로 앉아서 포크를 가지고 아침 식사하기를 좋아했기 때문이다.

"모두 기상! 오늘은 내가 명령한다!"

할아버지가 손뼉을 치면서 집을 왔다 갔다 했고 그 이상한 기쁨은 곧 할머니에게도 옮겨갔다. 할머니가 완벽한 향수 구름을 드리운 채 방에서 나왔다.

"소리치지 말아요, 조안. 이웃이 아직 자고 있어요!"

하지만 할머니도 소리치고 있었고 엄마는 두 분의 들뜬 모습을 보고 웃었다. 나는 세 사람을 보면서 아마도 슬픈 날이 되지는 않을 거라고 생각했다. 아빠는 졸리고 배가 고파서 기분이 별로였지만 말이다.

"자동차에서 더 잘 수 있어요, 임금님." 엄마가 이렇게 말하면서 아빠의 뺨에 입을 맞췄고 우리는 집을 나왔다.

바르셀로나에서 빌라베르까지는 차로 한 시간 반이 걸렸지만, 할아버지 할머니와 함께 갈 때는 조금 더 걸렸다. 왜냐하면 할머니가 가는 길 내내 운전자에게 빨리 달리지 말라고 했고, 운전자는 도중에 멈춰서 다리를 쭉 뻗고 아침을 먹고 싶어 했기 때문이다.

휴게소에서 맛없는 크루아상을 먹고 몽블랑에서 휘발유를 넣고 난 뒤 열 시 무렵 우리는 빌라베르에 도착했다. 차에서 내리자 기쁨은 바르셀로나로 달아나 버렸다. 제일 먼저 차에서 내린 할아버지가 텅 빈 돌 벤치를 바라보면서 멍하니 서 있었다. 할머니가 할아버지에게 팔짱을 꼈다.

"집으로 가요, 조안."

아빠와 엄마는 할아버지 할머니의 뒤를 따랐다. 이번에는 아무도 햇볕을 불평하지 않았고 아무도 크루다 부인의 집 현관을 향해 뛰어가지 않았다.

"안녕하세요, 마넬라!"

"조안, 잘 지내셨어요?"

"네, 아주 좋아요. 집으로 가는 길이라오!"

할아버지는 멈추고 싶어 하지 않았고 우리도 마찬가지였다.

할아버지의 병에 대한 소문은 마을에 퍼졌을 것이다. 틀림없이 모두 집이 비워진다고 이야기를 했을 것이다. 오늘이 그 집을 보러 가는 마지막 날이다.

밤

할아버지 할머니의 집에서 이것저것 살펴보며 오전을 보냈다. 바르셀로나로 가져갈 가구들을 다시 찾아보며 잊은 것이 없나 확인하면서 구석구석 기억에 담으려고 했다. 아빠는 모든 것을 사진 찍었다. 사실 최근에 주말마다 이곳에 올 때면 사진을 찍었다. 이사를 도와주려고 아빠와 함께 온 안토니오가 옥상에서 우리 가족의 기념사진을 찍어 주었다. 할아버지는 액자를 만들어서 할아버지 방에 걸어 두겠다고 했다. 그 말을 할 때 나는 바르셀로나의 집인지 빌라베르의 집인지 알 수 없었다. 할아버지 역시 모를 수도 있다.

정오가 되어 우리는 집을 팔아 주는 일을 맡은 바텟 씨에게 열쇠를 주러 갔다. 열쇠를 주고 나왔을 때 우리에게 밤이 온 것 같았다. 우리 다섯 명의 얼굴이 동시에 어두워졌고 이상하게도 급히 그곳을 떠나고 싶어 하는 것 같았다. 아빠는 몽블랑에서 식사를 하자고 했고 모두 그 제안이 반가웠다.

일단 식탁에 앉고 나자 우리 표정은 다시 낮이 되었다. 밖으로 드러나는 얼굴만 보면 우리는 일요일에 식당에서 점심을 먹는 행복한 가족이었다. 다시 집에 돌아올 때까지 나는 마음속 내 얼굴을 바라보지 않으려고 무진 애를 썼다.

이제부터 '집에서'라고 말할 때 그 집은 언제나 다섯 명의 집이 될 것이다.

8장

○ 안에 들어가는 것

양식

하굣길에 나는 허겁지겁 샌드위치를 먹었다. 그동안 할아버지는 거리와 나무들을 바라보았다. 나는 할아버지가 내 눈을 바라보신다면 할 수 없을 질문들을 쏟아냈다.

"뭔가 잊어버릴 때 잊어버렸다는 사실을 알아차리세요?"

그럴 때면 할아버지는 입을 다물었고 이제 힘이 빠져서 걷기 힘들어진 발만 바라보았다.

"그러면 너는 뭔가 실수할 때 실수했다는 걸 알아차리니?"

우리는 가던 길을 멈추고 서로를 바라보았다. 나는 이 질문에 할아버지가 화낼지도 모른다는 두려움이 있었지만, 너무나 궁금한 나머지 질문하고 말았다. 다행히도 할아버지는 화를 내지 않았다. 할아버지가 말했다.

"자, 네가 실수할 때 그 순간 알아차리니? 아니면 나중에 알아차리니? 잔, 너 스스로 알게 되니? 아니면 누군가 말해줘서 알게 되니?"

"그러면 알아차리지 못하신다는 말이네요."

"이 나무는 나뭇잎이 떨어진다는 사실을 알아차릴까? 아니면 우리만 바라보는 것일까?"

"나무들은 언제나……."

"그래. 나무들은 네가 나에게 물어볼 때 대답하기 위해서 필요해. 그리고 나에게 물어볼 때를 위해서도. 나무들을 바라보면 언제나 내가 필요한 답을 찾도록 해준단다."

"무슨 말인지 모르겠어요."

"가끔은 나도 모를 때가 있단다. 하지만 언젠가 알게 될 거라고 생각하고 마음에 담아 두지."

우리가 함께 이야기한 것들을 모두 담아 두라는 말이라는 걸 알았다. 할아버지가 안 계실 때를 대비해서 나에게 양식을 주려는 듯.

이런 대화들

학교에서 돌아올 때 내가 할아버지에게 질문하는 것을 부모님이 안다면 틀림없이 야단칠 것이다. 그러나 나는 할아버지 병이 어떤 건지, 어떻게 기억을 잃어버리는지, 어떻게 평생의 모든 기억이 머릿속에서 비워질 수 있는지 이해할 수 없었고 답이 필요했다.

"질문하고 싶을 때 참지 말고 꼭 해, 잔." 아빠는 호기심이 있어야 하고 가능한 한 모든 궁금증을 해결해야 한다고 언제나 말했다. 그래서 나는 아빠가 말한 대로 할아버지에게 질문했다. 할아버지와 나 둘이 있을 때 말이다.

내가 할아버지의 대답이 필요한 만큼 할아버지 역시 내 질문이 필요한 것 같았다. 대답하는 할아버지를 보면서 나는 마음이 편안해졌다.

"할아버지와 함께 학교에서 돌아와서 좋아요."

"나도 좋구나, 잔."

"할아버지에게 질문하는 것도 좋아요. 질문해도 되지요?"

"왜 안 되겠니?"

"아빠랑 엄마가 뭐라고 할지……."

"아빠 엄마는 잊어버리렴. 우리끼리 나누는 대화니까."

"그런데……. 이런 대화도 잊어버리게 되나요?"

"뭘 잊어버리게 될지, 언제, 어떻게 잊어버리게 될지는 나도 모른단다. 하지만 내가 잊어버리고 싶지 않다고 한들 뭘 할 수 있겠니?"

"네?"

"머리에 기억하는 대신에 마음에 간직하면 되지. 마음에 간직한 건 지워지지 않을 거야."

"그러면 거기에 뭘 더 간직하실 건데요?"

"내가 사랑했던 모든 것을."

"아……. 할머니, 엄마, 저……."

"그래, 맞다. 그리고 내가 처음으로 시계를 수리했던 날, 네 엄마가 태어났던 날, 네 할머니를 알게 되었던 날, 내 버드나무가 뽑힌 날도……."

"할아버지의 버드나무요? 언젠가 그 이야기를 해주신다고 하셨잖아요!"

"이제 다 왔구나, 잔. 내일 하도록 하자."

두 기억

나는 우리에게 두 기억이 있다는 사실을 알게 된 뒤로 훨씬 마음이 편해졌다.

수학 공책에 마지막 연습 문제를 풀면서 나는 '머리'와 '마음'이라고 쓰고 두 개의 기둥을 그리면서 어떤 기억이 각각의 공간에 들어갈지 알아내려고 했다.

갑자기 마음의 'O'에서 나에게는 없는 할아버지의 'O'가 떠올랐고 사라지지 않았으면 하는 모든 것들로 채워지는 것을 상상했다. 그러자 모든 것이 맞아떨어졌다. 왜냐하면 'O'는 시계가 될 수 있고, 마음이 있는 심장이 뛸 때는 똑딱 소리가 나기 때문이다.

"할아버지가 잃어버리고 싶지 않은 모든 기억은 'O' 안에 있는 거 맞지요, 할아버지?"

나는 샌드위치를 먹으면서 할아버지의 대답을 기다렸다. 하지만 거리와 나무들을 지나쳤고 할아버지는 계속 입을 다문 채 느릿느릿 걸음을 떼는 발만 바라보고 있었다.

집 앞에 다 와서야 할아버지는 멈춰 서서 나에게 벤치에 앉으라고 했다.

"내가 떠나고 난 다음에 나의 'O'는 네 것이 될 거다, 잔."

"할아버지!"

"잔……."

"그러면 할아버지 마음 안에 있는 걸 모두 다 이야기해 주세요. 버드나무 이야기랑……."

"곧 해주마."

수학

나는 숙제가 있다고 하고 내 방에 틀어박혔다. 수학 공책을 폈다. 내가 전에 썼던 것이 우스꽝스러워 보였다. 종이를 찢어서 공을 만들었다. 또 다른 'O'였다. 휴지통 입구도 마찬가지였다. 방은 'O'로 가득 차 있었다. 나에게 없는 'O'다. 영원히 없었으면 좋겠다.

나는 할아버지의 'O'를 원하지 않았다. 할아버지를 원했다. 두 기억을 간직한 할아버지를. 우리의 대화를 영원히 간직하기를 원했다. 엄마와 할머니가 주방에 틀어박히지 않고 할아버지가 계속 뻐꾸기시계를 수리하기를 원했다. 할머니의 향수 구름이 언제나 향기롭기를 원했다. 우리 부모님이 언제나 왕과 왕비이기를, 그래서 우리의 왕관을 모두가 간직할 수 있기를 원했다.

내가 원하는 모든 것의 목록을 작성했다. 읽어보면서 더 많은 것이 떠올랐다. 바둑판무늬의 종이는 나에게 더 많은 것을 쓰라고 초대했다. 모든 것을 쓰고 나서 '조안'이라고 썼다.

또 'O'다. 볼펜으로 그 위에 세게 다시 써서 종이에 구멍이 났다. 다음 장들에 수많은 'O'가 새겨졌다. 이 'O'는 내 것이 될 것이다. 더는 구멍을 뚫을 수가 없다.

마음은 잊지 않는다

내 방에서 나왔다. 집은 언제나처럼, 그러니까 지금처럼 돌아가고 있었다. 할머니는 시간이 걸리는 음식 준비를 했고 할아버지는 안락의자에 앉아 있었다. 가까이 다가가 보니 손을 가슴에 얹은 채 잠들어 있었다. 좋은 기억을 붙잡고 있다고 생각했다. 할아버지가 눈을 떴다. 자는 것이 아니었다.

"뭐 하셨어요, 할아버지?"

"이것저것 복습하고 있었단다."

"어떤 걸요?"

"잊기 전에 너에게 이야기해주고 싶은 것들."

"하지만 중요한 건 마음속에 간직한다고 하지 않았어요?"

할아버지는 나를 바라보고서는 새로운 미소를 지었다. 그 미소가 내 마음속에 새겨졌다.

"이미 너에게 모든 것을 이야기했을 수도 있겠구나."

나에게 더는 이야기해주고 싶지 않고 더는 대화할 게 없다는 말이 아니라, 할아버지 이야기를 내가 모두 기억해서 기쁘다는 말이라는 걸 이해하는 데 시간이 좀 걸렸다.

"아니에요. 모든 걸 다 이야기하지 않으셨어요. 해주실 이야기가……."

"내 버드나무 이야기지. 아직 안 해주었다는 걸 알고 있단다. 그 기억을 떠올리면 슬퍼져서. 하지만 나와 함께 사라지는 것을 원하지 않아……."

"할아버지는 사라지지……."

"잔!"

우리는 한참 동안 입을 다물었다. 침묵이 편안해지자 할아버지가 다시 이야기를 할 수 있었다.

"내 버드나무는 사라질 때 'O'를 하나 남겨 놓았지."

"'O'를 하나요?"

"나중에는 그 또한 사라져버렸단다."

"어떻게요?"

"나무를 베고 나서 그루터기가 남았어. 단지 며칠이었단다. 그다음엔 그것도 뽑아버리고 광장을 시멘트로 덮어버렸지."

"엄마는 이미 버드나무 이야기를 알고 있지요?"

"그래. 엄마가 어렸을 때 이야기해주었어. 그랬더니 네 엄마가 더는 그리워하지 않도록 광장에 분필로 버드나무를 그려놓았어."

"사진에서 보았어요!"

"사진은 기억하기에 아주 좋지……."

"하지만 할아버지의 버드나무 사진은 한 장도 없지요?"

"없어. 더 잘된 일일 수도 있지."

"더 잘되었다니요?"

"내가 원하는 대로 기억할 수 있으니까."

그다음에는 나

내가 질문하지 않을 때는 오늘처럼 할아버지가 질문을 했다.

"그다음에는 뭐가 올지 알고 싶지 않니?"

"뭐 다음에요?"

"기억을 잃어버린 다음에."

할아버지는 마치 아무 일도 아니라는 듯 앞을 보며 조용히 걸어가면서 나에게 말했다. 나도 할아버지처럼 해보려고 똑바로 앞을 보며 할아버지의 다음 말을 기다리려고 했다. 하지만 그럴 수 없었다.

"할아버지는 그걸 알고 싶으세요?"

"모든 것을 알고 싶지는 않아. 하지만 알고 있단다. 의사들이 다 이야기해줬어. 알고 싶지 않은 것까지도." 할아버지는 그 말을 하며 멈춰서 나를 바라보았다. "기억을 잃고 난 다음에는 나를 잃게 된단다."

"질문하지 않았어요!"

나는 달리기 시작했다. 할아버지를 나무처럼 거기 세워놓고. 나무가 되거나 거리가 되거나 할아버지가 원하는 뭐가 되든 신경 쓰지 않을 거다. 차라리 지금 당장 떠나버렸으면 좋겠다. 몸도 마음도 돌아오는 길을 잊어서 오지 않았으면. 나는 할아버지에게 어떤 질문도 하지 않았다.

할아버지가 도착했을 때 나는 우리가 사는 건물의 로비에 있는 소파에 앉아 있었다.

"왜 이렇게 입이 튀어나왔어? 화내야 할 건 나 아니냐? 나를 그렇게 세워두고 가다니."

나는 아무 말도 하지 않은 채 할아버지와 함께 엘리베이터를 탔다.

"우리가 질문하는 것만 알게 된다면 말이다, 잔……."

우리는 집으로 들어갔다. 나는 내 방으로 뛰어갔다. 하지만 방에 들어가기 전에 이렇게 말했다.

"할아버지의 'O'는 망각의 'O'예요."

문이 닫히기 전에 할아버지의 얼굴을 잠깐 보았다. 할아버지는 화가 나 있지 않았다. 오히려 편안해 보였다. 하지만 주방 안쪽에서 할머니의 어두운 그림자가 드리워졌다. 할아버지는 내 눈을 통해 할머니의 그림자를 보았고 달려가서 할머니를 끌어안았다.

할머니 할아버지가 포옹을 할 때면 나는 언제나 할아버지의 허리를 끌어안거나 샌드위치처럼 두 사람 사이를 파고들어 '잔의 샌드위치'를 만들고 싶어 했다. 그러나 오늘은 내 방문 뒤에 숨어서 죄책감 속에 있었다. 할머니가 할아버지의 품속에서 고개를 젓는 것은 방금 전에 내가 한 말

때문이다. 할머니가 슬퍼하는 모습을 보니 생각했던 것보다 마음이 더 아팠다. 나는 할머니에 대해 생각해본 적이 없었다.

지금까지 할아버지가 나에게 대답해주었던 모든 질문들은 할아버지의 병에 관한 것이었고 할아버지가 어떻게 기억을 잃어가는지에 관한 것이었다. 문틀에 이마를 대고 서 있는데, 할머니에 대한 수많은 궁금증이 몰려왔다. 나무에 관한 것이든 뭐든 할아버지가 나에게 대답해주어야 할 것이다. 그러나 내일까지 기다려야 한다. 그동안 내가 할 일은 할머니의 시큼한 향수 구름 속에 잠겨서 그 향기가 부드러워지도록 도와드리는 거다. 너무 늦지 않았다면 말이다.

잘못

주방으로 들어가려는데 할아버지가 말을 꺼내서 멈췄다.

"네 잘못이 아니야. 병 때문이야."

나는 멈춰서서 할머니의 앞치마 끈을 바라보았다. 불 앞에 있는 할머니는 분명 슬퍼 보였다.

"잘못은 병에게 있어, 잔. 네 잘못도, 내 잘못도, 네 아빠나 엄마 잘못도 아니고 그 누구의 잘못도 아니란다. 머릿속에 잘 기억하렴."

할아버지는 도미노 상자를 들고 식탁에 앉았다. 지난번 게임을 하다 중간에 그만 둔 뒤로 다시 게임을 하지 않았었다.

"잠시 게임을 하고 나서 숙제를 하겠니?"

나는 주방을 등 뒤로 하고 할아버지와 함께 앉았다. 할머니가 환풍기와 주방 불을 끄는 소리가 들렸다. 할머니가 식탁으로 다가오면서 손을 뒤로 해서 앞치마 끈을 푸는 모습을 상상했다. 할머니는 내 이마에 입을 맞추고 할아버지의 말을 받아 따라했다.

"유일한 잘못은 병이란다."

행복의 점들

할머니는 더블 6을 집어서 나에게 보여 주었다.

"네 할아버지와 나는 도미노 게임을 하면서 알게 되었단다. 할아버지가 나를 꾀려고 무슨 말을 했는지 아니?" 할머니의 눈이 다시 반짝이면서 주변의 공기가 다시 달콤해졌다. "여기 말들의 까만 점이 행복의 점들이었으면 좋겠고, 네 할아버지에게 내가 더블 6✣이었으면 좋겠다고 했단다."

할머니는 나에게 말을 건네주었고 나는 말을 만졌다. 점들은 조그만 까만 구멍이었다. 조그만 'O'들이었다. 나는 두 분을 바라보았다. 두 분은 손을 잡고 나에게 미소 짓고 있었다.

"병 때문에 더블 5로 왔지만 우리는 여기서 움직이지 않을 거야. 안 그래요, 카테리나?"

할아버지 할머니는 입을 맞추었다. 높은 나뭇가지 위에 앉아 뽐내는 기분 좋은 두 마리 제비 같았다.

✣ 더블 6은 가장 충만한 상태를 상징적으로 표현한 것이다. 일반적으로 5나 6이면 높은 점수를 얻을 수 있는 숫자다.

더블 2

"잔." 할아버지가 으스대며 말했다. "말해봐라. 누가 너에게 도미노 게임을 가르쳐주었지?"

할머니 차례였다. 할머니는 아무 생각 없이 첫 번째 말을 놓아 버린 나와는 다르게 침착하게 게임에 임하고 있었다.

"할아버지잖아요."

"그러면 누가 나에게 가르쳐주었는지 알고 있니?"

"모르겠어요. 할아버지의 아버지요?"

"아니, 내 할아버지란다."

혼란스러웠다. 나는 내 손자에게 도미노 게임을 가르쳐줄 것이고, 아빠는 내 아들에게 가르쳐줄 것이다. 도미노 말들로 가득 찬 가계 나무가 눈앞에 떠올랐다. 할아버지들과 손자들이 끝없이 게임을 펼치고 있다.

"그러면 엄마는요?"

"우리 아버지, 엄마의 할아버지지."

왜 나에게 그 이야기를 했는지 알지 못했다. 왜 할머니는 아직도 말을 놓고 있지 않은지도 알 수 없었다. 나는 할머니 할아버지를 바라보고 두 분 또한 나를 바라보았다. 두 분의 눈은 행복한 까만 점들이다.

"더블 2다. 게임 끝. 내가 이겼어!"

따뜻한 향수 구름이 돌아왔다.

하얀 시멘트

엄마가 돌아왔을 때 우리는 도미노 게임을 하고 있었다. 엄마는 내가 아직 숙제하지 않은 것을 알고 야단치려고 했다. 그런데 할머니가 엄마를 주방으로 데리고 갔고 두 클론이 이야기를 나누는 동안 할아버지와 나는 아빠가 돌아오기 전까지 수학 문제를 풀고 카탈루냐어 숙제를 했다.

저녁 식사 시간에 할머니는 다시 행복의 점들에 관해 이야기했다. 부모님도 이제 무슨 이야기인지 알고 미소 지었다. 제비처럼 만족스러운 표정이었다. 할아버지는 더블 5에 대해서는 아무 말도 하지 않고 비밀스러운 눈빛으로 나를 바라보았다.

저녁 식사 뒤에 어른들은 식탁에 더 앉아 있었다. 아무도 내 이야기를 기억하지 못했다. 나조차도 말이다. 이를 닦으면서 나는 치약을 바라보고 멍해졌다. 내 머릿속은 온통 글자들과 말들과 행복의 점들로 가득 차 있었다.

하품이 나서 나는 눈을 반쯤 감은 채 침대로 달려갔고 머리를 베개에 대자마자 불을 껐다.

한밤중에 너무나도 진짜 같은 악몽에 놀라 잠에서 깨어났다. 꿈속에서 어른들은 여전히 식탁에 앉아 복숭아와 오렌지 껍질이 가득 찬 후식 접시를 앞에 놓고 이야기를 하고 있었다. 나는 도미노 말들을 집어서 모든 까만 점들이 모두 사라질 때까지 치약 냄새가 나는 하얀 시멘트 같은 것으로 덮어버렸다.

9장

할머니

우리 로렌

"아! 이 허리 좀 봐, 카테리나!"

할아버지는 뒤에서 할머니를 끌어안고 할 수 있는 모든 말을 동원해서 예쁘다고 했다. 할머니는 허공을 바라보며 미소 지었다. 허공일 수도 있고 아니면 할아버지와 함께 했던 모든 행복한 기억일 수도 있다. 그러면 할머니는 돌아서서 할아버지와 키스를 한다. 그럴 때 엄마가 있으면 나는 기분이 좋다. 왜냐하면 엄마가 그 광경을 보면서 행복해하기 때문이다. 그러나 나 혼자 있거나 아빠와 함께 있을 때면 조금 부끄러워져서 할아버지 할머니만 남겨 두고 자리를 뜬다.

할머니 허리에는 속임수가 있다. 나는 할머니가 코르셋을 입고 있다는 사실을 이미 알고 있었다. 그건 숨을 쉴 수 없을 정도까지 꽉 조이는데, 할머니는 허리가 아프지 않게 사용한다고 했고 엄마는 할머니가 너무 꾸미기를 좋아하기 때문이라고 했다. 하지만 나는 할아버지가 계속 할머니를 포옹하게 하려고 입는다고 생각했다.

"나의 로렌! 얼마나 관리를 잘하는지 보이지?" 그 말을 할 때 나는 할머니가 통조림에 담겨서 냉장고에 보관되어 있다고 상상했다. 그 말이 사실은 계속 멋지다고 말하는 방식이라는 것을 알고 있었지만 말이다. "도시 여성 같단 말이야!"

그건 카테리나 할머니가 언제나 화장을 하고 향수를 뿌렸기 때문이다. 바르셀로나에 있을 때나 빌라베르에서 일하고 있을 때나 마찬가지였다. 밖에 나갈 때나 주방이나 옥상에서 일을 하거나 마찬가지였다. 할머니는 일어나서 잠자리에 들 때까지 깔끔하게 차려입었다. 코르셋을 했고 뺨은 발그스레했다. 왜냐하면 립스틱을 아주 조금 뺨에 칠하고 손가락에 침을 조금 묻혀서 문질렀기 때문이다.

나는 할머니가 화장하는 모습을 보는 것이 좋았다. 옷과 맞추어서 귀걸이와 목걸이를 고르는 모습을 보는 것이 좋았다. 할머니는 언제나 원피스나 치마를 입었다. 바지를 입은 모습은 한 번도 본 적이 없다. 립스틱을 바르고 나서 혹시 이에 립스틱이 묻었나 봐달라고 하는 것도 좋았다. 고집스럽게 향수를 뿌리고 마지막으로 옷깃에 린넨 손수건을 감추는 모습도 좋았다. 안경을 썼기 때문에 눈 화장은 하지 않았다. 금테 안경을 썼는데 눈동자는 커 보였고 눈썹은 길어 보였다. 안경을 벗으면 왠지 두더지 같아 보였다.

안경도 쓰지 않고 입술도 바르지 않고 코르셋도 하지 않은 할머니는 아무 힘도 없는 노인이었다. 1년 전에 할머니가 수술을 받았을 때 잠옷 차림으로 머리는 헝클어진 채 안경도 쓰지 않고 반쯤 잠이 든 모습을 보아서 안다. 그때 나는 머릿속으로 할머니를 제대로 알아보기 위해 할머니의 모든 장식을 생각해야 했다.

할아버지는 할머니가 소피아 로렌과 닮았다고 로렌이라고 불렀다. 소피아 로렌은 이탈리아 배우인데, 무척 예쁘고 허리도 할머니 허리와 비슷하다고 했다. 틀림없이 소피아 로렌도 잠이 들었을 때는 카테리나 할머니처럼 아무 힘도 없고 연약해 보일 거라고 생각했다. 어쩌면 그녀에게 끌어 안아주고 입맞춤을 해줘서 기분을 우쭐하게 해줄 조안이 없을 수도 있다.

얼굴들의 숲

오늘은 오후 다섯 시 교문 앞의 얼굴들의 숲에서 할머니의 금테 안경이 보였다. 할머니의 향수 구름이 기다리고 있던 다른 부모님들과 할머니 할아버지들을 감싸고 있었다. 조금 뒤에 처져서 오던 할아버지만 빼고 모두를.

"나도 오고 싶었어!" 할머니가 나에게 간식을 주면서 말했다.

나는 할아버지에게 물어보고 싶은 것이 있었다. 그 질문을 해도 될지 몰랐다. 그러나 할머니를 보는 순간 생각을 바꾸었다.

"학교에서 돌아올 때 할아버지와 무슨 이야기를 했었니? 언제나 무척 신이 나서 집에 들어오니 말이야."

연극 선생님인 베르타 선생님 생각이 났다. 베르타 선생님은 언제나 웃으면서 이야기해야 한다고 가르쳤다. 말은 웃음과 함께 나와야 한다고 말이다. 그 말을 할 때 선생님은 과장되게 미소를 지었고 때로는 조금 무서웠다. 할머니는 연극배우처럼 웃었다.

"길거리에 대해서요. 나무에 대해서도요. 모르겠어요."

할머니에게 할아버지와 함께 나누었던 대화를 이야기하려니 지루하게 느껴졌다.

"그러면 나무에 대해서는 뭐라고 이야기했어?"

“나무들이 모든 답을 갖고 있다고요.”

“그러면 내일 우리가 무슨 이야기를 할지 물어봐야겠구나.”

할머니가 ‘내일’이라고 말했을 때 나는 할아버지를 바라보았다. 기억이 조금 더 지워진 듯했다. 그때 나는 다시는 할아버지 혼자 나를 데리러 오지 못할 거라는 사실을 알았다. 병이라는 구멍 속으로 할아버지의 기억이 없어지듯 할아버지가 길을 잃을 수도 있었기 때문이다.

바지에 난 구멍

집으로 돌아오는 길 내내 나는 할머니가 필요 없다고 생각했다. 할아버지와 단둘이 있고 싶었다. 할아버지에게 궁금한 것들을 물어보고 무슨 일이 일어나고 있는지 이해하고 싶었다. 하지만 할머니가 함께 있어서 어른들이 흔히 그러하듯 그저 시간 때우기 대화들만 나누며 걸었다. 입 다물고 아무 말도 하지 않는 것이 불편해서 그냥 하는 이야기들 말이다.

할아버지는 내가 불편해한 것을 알고 집으로 돌아오자 할머니가 신발을 벗는 동안 내 방으로 나를 데리고 들어갔다.

"할머니 탓이 아니야. 그걸 잊지 마."

"병 때문이에요."

"그래. 할머니도 힘든 시간을 보내고 있어. 너와 이야기를 나누면 할머니도 좋아질 거야."

"그리고 할아버지와도요."

"그럼, 하지만 나는 곧……."

다행히 바로 그 순간에 할머니가 방문을 열었다.

"잔, 네 바지에 구멍이 나 있더구나. 벗어서 나에게 가져오렴. 그리고 어떻게 된 일인지 말해다오."

할머니가 방문을 닫자 할아버지가 내 눈을 바라보며 말했다.

"할머니는 바느질할 때 너를 바라보지 않지만, 네 소리는 들을 수 있단다."

재봉사의 대화

나는 할머니가 빌라베르에서 식사 뒤에 바느질하던 모습을 기억한다. 부모님은 책을 읽으려고 했고 할아버지는 안락의자에서 고개를 끄덕이며 졸고 있었다. 할머니는 양말을 꿰매거나 바짓단을 고치면서 하고 싶은 이야기가 정말 많았다. 마침내 엄마는 책을 덮고 안경을 벗었다. 아빠는 옥상이나 방으로 가서 책을 계속 읽었다.

“쉬는 시간에 운동장에서 제가 골키퍼를 했는데요…….”

“골키퍼라고? 이런! 앉아보렴. 여기 앉아서 내가 바느질하는 동안 그 이야기를 좀 해다오.”

그래서 할머니가 바느질하는 동안 나는 골대 아래에서 공을 기다리는 걸 좋아한다고 이야기했다. 이쪽저쪽으로 움직이면서 공이 오가는 모습을 보는 것도 좋고 어느 쪽으로 공이 올지, 위에서 올지 아니면 아래로 올지, 오른쪽이나 왼쪽에서 올지 알아맞히는 것도 좋다고 했다. 그리고 공이 가까이 다가오면 절묘한 순간에 날아올라서 공을 잡는다고 했다. 왜냐하면 공을 뚫어져라 바라봐서 팔다리가 알아서 움직인다고. 공을 잡으려고 바닥으로 몸을 던졌기 때문에 바지나 셔츠 팔꿈치에 수없이 구멍이 났다.

할머니는 바늘과 실을 움직이면서 내 이야기를 들었다. 나는 바지 구멍에서, 할머니의 손과 골무에서, 그리고 침묵

속에서, 구멍을 사라지게 하려고 바느질을 반복하는 할머니의 모습에서 눈을 뗄 수 없었다.

나는 거대한 바늘로 골대를 바느질해서 실로 공을 잡는 할머니의 모습을 상상했다.

"아, 카테리나, 내가 당신 바느질을 얼마나 그리워했는지 알아?"

마틸데 할머니와 이그나시오 할아버지가 찾아왔다. 우리 집 소파에 구두를 신고 앉아 있는 그분들을 보니 낯설었다. 빌라베르에서는 언제나 샌들을 신고 낡은 옷을 입고 바쁘게 왔다 갔다 하는 모습만 보아왔기 때문이다. 우리 집에 오려고 잘 차려입었고 할아버지는 멋지다고 했다.

할아버지와 이그나시오 할아버지는 다림질 방, 그러니까 할아버지의 작업실로 들어갔다. 그리고 마틸데 할머니는 할머니와 함께 식탁에 앉았다. 나는 이쪽저쪽 이야기를 들으러 왔다 갔다 했다. 시계 이야기와 실 이야기를 말이다. 이그나시오 할아버지는 할아버지에게 오면서 오래된 시계를 하나 가지고 왔다. 그리고 마틸데 할머니는 새로 산 옷인데 길이가 길다고 가지고 와서 이야기를 나누면서 할머니가 잘라 주었다.

"놀러 오면서 일거리를 가지고 왔다고?" 아빠가 주방에서 물었다.

"일거리가 아니라 오기 위해 구실을 만든 거지요." 엄마는 이렇게 말하면서 기쁘기도 하고 슬프기도 한 어정쩡한 표정을 지었다. "우리 아버지가 연장을 다루는 동안 이그나시오 씨는 마을에서 있었던 일을 이야기하는 거예요. 마틸데 씨도 엄마가 바느질하는 동안 마찬가지고요. 손에 뭔가 일거리가 없으면 어떻게 이야기해야 하는지 모르는 분들이에요."

"나는 일하는 동안 누가 말을 시키면 집중하지 못할 것 같아." 아빠가 말했다. 오늘은 아빠 머리가 돌로 된 것 같았다.

"마음의 이야기를 하기 위해서 손이 딴청을 할 필요가 있어요."

아빠가 엄마에게 겸연쩍은 미소를 보냈다. 그러고 나서 나에게도 미소를 보냈다. 왜냐하면 엄마가 하는 말을 내가 아빠보다 훨씬 더 잘 이해했기 때문이다.

손을 즐겁게 하다

할아버지와 엄마는 할머니 손이 바쁠 때가 할머니와 이야기하기에 가장 좋은 때라고 설명해주었다. 그래서 이제 나도 골키퍼를 할 때 할머니 생각을 하면서 운동장에 있는 구멍 난 골대에 할머니가 그물을 짜주는 상상을 했다. 그랬더니 그 어느 때보다도 더 많은 공을 막아냈다.

"또 구멍을 냈니, 잔?"

할머니는 나를 꾸짖는 듯했지만, 기분이 좋아서 나를 옆에 앉으라고 했다. 우리는 실과 공에 대해서, 또 할아버지에 대해서 이야기했다. 할머니의 실은 할아버지의 나무와 같다. 거기에 모든 답이 있다.

저녁 식사를 준비할 때도 할머니 손이 바쁘다. 이제 할아버지는 전보다 더 자주 안락의자에서 잠이 든다. 나는 할머니가 맛있는 요리를 하면서 움직이는 동안 식탁에서 숙제하는 것이 습관이 되었다.

할머니는 때때로 불 위에서 냄비가 알아서 요리하도록 내버려두고 내 옆에 앉아서 책을 읽었다. 그러면 할머니의 책과 내 공책 사이에 아주 부드러운 침묵의 실이 그려져서 나는 언제까지라도 숙제를 끝내고 싶지 않아졌다.

하지만 할머니가 바느질하다 손이 찔리고 요리하다 피를 흘리고 책을 읽다가 잠이 드는 날도 있었다. 더블 5가 할머니를 위험에 빠뜨린 날들이다.

"할머니, 할머니도 할아버지의 버드나무 이야기를 알아요?"

"그럼, 알다마다."

"그런데 왜 저에게는 이야기를 안 해주시는 거예요?"

할머니가 바느질하던 손을 멈추고 고개를 들었다. 할머니가 바느질하던 실이 사라져서 내 바지에 다시 구멍이 난 것 같았다. 'O'와 같은 동그란 구멍이다.

"아직도 네게 이야기를 안 해주었니?"

더블 5

"할아버지를 불러라. 곧 저녁 먹을 시간이구나."

내가 할아버지를 불렀다. 할아버지가 나를 부르는 일은 거의 없었다. 그리고 때때로 할머니는 나를 잔이 아니라 조안이라고 부르기도 했다. 특히 내가 할아버지와 함께 십자말풀이를 끝낸 다음부터는 더 그랬다. 신문 냄새 또한 할아버지의 냄새다.

때때로 주방을 나가 거실에 가도 할아버지가 없었다. 우리 이야기를 듣고서 소리 나지 않게 소파에서 일어나서 다림질 방으로 들어갔다고 생각했다. 뻐꾸기시계는 아직도 책상 위에 있었다. 연장들은 계속 서랍 안에서 광택을 내며 줄지어 정돈되어 있었다. 이제 할아버지는 먼지를 털고 작업실을 깨끗하게 청소하는 데 열심이었다.

"할아버지, 할머니가 저녁 드시래요."

부모님이 도착하기 조금 전에 할아버지에게 알렸다. 할아버지가 시간을 갖고 움직일 수 있도록 하기 위해서였다. 매일매일 조금씩 할아버지의 움직임이 느려졌다. 할머니와 나는 알아차렸지만 말하지 않았다. 하지만 아빠와 엄마가 알아차릴 때까지 시간을 벌어놓으려고 했다.

"말씀드렸어요, 할머니."

"고맙구나, 꼬마 임금님. 모든 게 다 고마워."

"더블 5에서 우리는 움직이지 않을 거지요?"

그렇게 물었더니 할머니의 눈빛이 투명해지다가 얼굴에 곧 미소가 번졌다. 그때 할아버지가 작업실 문을 닫는 소리가 들렸다.

"이제 상을 차릴까?"

상 차리기

계속 할아버지가 상을 차렸다. 우리 집에 온 뒤로 상 차리는 일은 할아버지 담당이었다. 할머니와 나는 할아버지에게 그 일이 중요하다는 사실을 알았다. 점점 더 중요해졌다. 그래서 우리는 시간을 두고 할아버지에게 알렸다. 할아버지는 우리가 식탁에 앉을 때까지 아직 시간이 넉넉하게 남았다는 사실을 몰랐다. 우리는 할아버지가 기억을 잊어가고 있다는 사실을 알아차리지 못하도록 모든 준비를 다 해놓았다.

숙제를 끝내면 나는 거실의 식탁 한가운데 있던 화분을 들어서 방해가 되지 않도록 구석으로 옮겨두었다. 그러고 나서 내 책과 공책과 연필을 늘어놓았다.

"잔, 식탁을 차려야 해. 여기 정신없는 것들을 좀 치우겠니?"

그렇게 해서 할아버지가 화분을 들고 어떻게 해야 할지 몰라 방황하는 시간을 줄였다.

식탁보는 텔레비전 아래 첫 번째 서랍에 있었다. 나는 미리 그 서랍을 반쯤 열어놓았다.

"서랍을 저렇게 열어 두면 언젠가 내가 부딪혀서 넘어지겠다, 안 그래?"

그렇게 할아버지는 식탁보를 찾으실 수 있었다. 장식장

앞에 멍하게 서서 어디에 있는지 생각하지 않아도 되었다.

주방에 있는 작은 식탁 위에는 할머니가 다섯 개의 접시와 숟가락 다섯 개, 컵 다섯 개를 올려놓고 세척기가 방금 끝났다고 핑계를 댔다.

"다 잘 됐어."

그러면 할아버지의 짧은 여행이 시작되었다.

짧은 여행

두어 주 전부터 할아버지가 접시와 컵과 숟가락 등을 하나씩 하나씩 거실 식탁으로 옮겼다. 할머니와 나는 할아버지가 짧은 여행을 한다고 말했다. 아빠와 엄마는 아직 그 모습을 보지 못했다. 주말에는 아빠가 식탁을 차렸다. 내가 제안했지만 그건 할머니의 생각이었다.

"할아버지가 평일에 차리시고 아빠가 주말에 차리면 어때요?"

두 분은 웃으면서 내 제안을 받아들였다. 내가 어린아이였기 때문이다.

할머니는 무척 초조하게 할아버지의 짧은 여행을 바라보았다. 앞치마에 손을 문지르면서 그 광경을 바라보았다. 나는 접시와 컵들과 숟가락 등이 제자리에 도착하도록 조절하는 임무를 맡았다.

때때로 컵 하나가 책장 선반에 놓여 있거나 숟가락 하나가 소파에 놓여 있기도 했다. 할아버지가 슬리퍼를 끌면서 다시 주방 쪽으로 걸음을 옮기는 틈을 타서 내가 모든 것을 제자리에 갖다 놓았다. 때때로 내가 식탁에 뭔가 다시 놓는 것을 알아차리고 잠시 나를 바라볼 때도 있었다. 하지만 곧바로 다시 주방 쪽으로 고개를 돌리고 아주 가볍고 투명한 미소를 띠었다.

짧은 여행이 끝나면 할아버지는 피곤해져서 부모님이 돌아올 때까지 안락의자에서 잠이 들었다. 그러면 할머니는 주방 의자에 앉아서 앞치마의 주름을 펴면서 한숨 지었다.

너무 일찍

오늘은 엄마가 학교에서 일찍 돌아왔다.

"엄마, 왜 이렇게 일찍 상이 차려져 있어요?"

엄마가 할머니에게 묻자, 할머니가 나를 바라보았다. 할머니는 앞치마의 주름을 펴면서 주방에 앉아 있었다. 왜냐하면 오늘은 컵 다섯 개 중 하나도 제자리에 가지 못했기 때문이다.

"네 아버지가 일찍 차리고 싶어 했어."

할아버지는 안락의자에서 잤고, 내 책과 공책들이 주방의 작은 식탁에 펼쳐져 있었다.

"그리고 너는 왜 여기서 숙제를 하는 거야?"

"내가 그렇게 하라고 했어, 메르세. 나와 함께 있으라고 말이다."

엄마는 피곤한 다리를 이끌고 주방을 나가서 방으로 들어갔다. 나는 사실대로 말하지 못해서 기분이 안 좋았다. 할머니가 그런 내 생각을 읽었다.

"병 때문이란다. 우리가 거짓말을 해야 하는 건."

그러고 나서 할머니는 엄마와 이야기를 하러 갔다. 두 사람은 엄마 방에서 이야기를 나누었다. 할아버지가 꿈쩍하지 않고 잤지만, 나는 할아버지를 살펴보고 있었다. 왜 그랬는지는 나도 모르겠다.

식탁을 꿰매다

할아버지가 식탁을 다 차리고 안락의자에 앉아 주무실 때 할머니가 반짇고리를 꺼내 요리가 든 냄비처럼 식탁 한가운데 올려놓았다. 할머니는 식탁에다가 접시와 컵과 숟가락을 무척 빠르게 꿰매기 시작했다. 잠시 뒤에 다섯 개의 접시와 다섯 개의 컵과 다섯 개의 숟가락이 누에고치와 비슷한 모습으로 실로 뒤덮여서 식탁보에 붙어버렸다.

그러고 나서 할머니는 다시 반짇고리를 들고 할아버지의 안락의자로 갔다. 나는 할머니가 뭘 하려는지 알았다. 할아버지가 앉아서 꼼짝 못 하도록 꿰매려고 했다. 나는 안 된다고 막으려고 했지만, 말이 나오지 않았다.

"잔! 일어나, 잔!" 엄마가 손으로 내 얼굴을 흔들었다. 나는 땀을 흘리고 있었다. "악몽을 꾸었구나. 소리를 질렀어."

"뭐라고……. 뭐라고 말했어요?"

"몰라. 못 알아들었어. 자, 다시 자라."

나는 다시 잠이 들었다. 할머니가 학교에 가야 할 시간이라고 깨워서 나는 꿈 이야기를 했다.

10장

엄마

간식

오늘 아침에 엄마가 샌드위치 하나가 아니라 샌드위치 두 개를 주었다. 나는 궁금한 표정을 지었다.

"아침과 간식이야, 잔."

나는 계속 궁금했다.

"할머니 몸이 안 좋으셔. 오늘은 내가 학교에 함께 갈게."

"무슨 일인데요?"

"피곤하고 예민해지셔서. 잘 알잖아."

엄마가 가방과 열쇠를 챙기고 현관 불을 켤 때 '잘 알잖아'라는 말이 날카롭게 내 가슴에 박혔다.

"갈까?"

오늘은 학교가 더 멀게 느껴졌다. 학교 가는 길 내내 나는 엄마의 눈길을 피했다. 내가 물어보고 싶지 않은 질문에 대한 답을 듣게 될까봐 두려웠다.

수업이 시작되자, 시간은 빨리 지나가서 어느새 다섯 시가 되었다. 나는 엄마가 만든 간식을 먹으며 엄마와 함께 집으로 돌아갈 준비가 아직 안 되어 있었다.

"오늘은 어땠어?"

소시지 샌드위치는 눅눅했고 엄마의 질문은 공허했다. 배도 안 고픈데 빵을 깨물어 먹는 것과 엄마의 질문에 대답하는 것 중에 뭐가 더 나쁠까? 두 가지 다다. 입에 빵을 가득 물고서 괜찮았다고 말하고 걷기 시작했다. 엄마는 나를 따라왔다. 조금 실망했던 것 같다.

"할아버지는 학교에서 돌아올 때 너랑 이야기를 무척 많이 했다고 하던데."

"이야기를 했어요."

"잔……."

엄마가 나무 앞에 멈췄다. 엄마의 눈빛을 보고 나는 무장 해제되었다.

"할아버지는 나무의 그림자가 너를 지켜줄 거라고 하셨어."

나무의 그림자

우리는 나무 앞에 이르러 나무 그늘에 한참 머물렀다. 나는 말을 시작하면 멈출 수가 없어서 두 개의 기억에 대해서, 'O'에 대해서, 마음에 대해서, 시계, 바늘과 실, 도미노 말 등 모든 것에 대해 이야기했다. 엄마는 내내 조용히 들었다. 엄마가 하려던 질문이 모두 지워지면서 엄마 입가에 점점 더 묘한 미소가 퍼졌다.

"너는 할아버지랑 똑같구나." 나를 야단치는 말인지 알 수 없었다. "너 혼자서 말을 다 했어. 그러면 이제 나는……?"

엄마가 걷기 시작했다.

"할아버지 이름에 있는 'O'를 네 이름에서는 뺐지."

"아빠가 그런 게 아니었어요?"

"나도 그러자고 했어."

엄마가 다시 멈췄다.

"엄마도 나를 할아버지 이름처럼 조안이라고 하고 싶지 않았어요?"

"이름은 많은 것을 정해준단다."

"뭘요, 엄마?"

"이야기하는 방식, 뭔가 설명하려고 나무와 간식과 도미노 말을 사용하는 방식 같은 거. 내 할아버지도 똑같았어."

"엄마, 할아버지 이름도 조안이었어요?"

"응. 할아버지의 아버지와 엄마의 할아버지, 그리고……."✣

나무 그늘이 우리에게 다가와서 엄마가 어두워 보였다.

"이름으로 불러줘야 하는 것들이 있단다, 잔."

✣ 스페인에서는 전통적으로 아들은 아버지의 이름을, 딸은 어머니의 이름을 물려받았다. 최근 들어 이러한 경향이 조금씩 약해지고 있다.

첫 번째 조안

집에 도착해서 엄마와 할아버지, 할머니, 그리고 내가 주방 식탁에 앉았다. 엄마는 종이와 연필을 가지고 와서 할아버지 할머니에게 가족에서 기억나는 첫 번째 조안이 누구였는지 물었다.

"이제 기억을 해내자는 거냐, 얘야?"

할머니는 예민해졌다. 하지만 할아버지는 종이를 한 장 집어서 조안이라는 이름을 쓰기 시작했다. 조안 다음에 또 다른 조안을 쓰면서 선을 긋고 여자의 이름과 합쳐지는 곳에 또 다른 조안의 이름이 나왔고 그다음에는 메르세, 하우메, 조안나와 같은 이름들이 나왔다. 우리 부모님까지 오자 할아버지는 에르네스트와 메르세라고 썼고 거기에서 할아버지는 조그만 선을 그리고 나서 조안이라고 썼다. 할머니가 다시 예민해졌다.

"이리 줘봐요."

할머니가 연필을 빼앗고 마지막 조안에서 'O'자를 지우려고 했다. 하지만 할아버지가 막았다.

"'O'자를 그대로 놓아두려고 해."

두 명의 클론이 묘한 미소를 지었다.

뻐꾸기시계를 수리하다

며칠 전부터 할아버지가 뻐꾸기시계를 수리하겠다고 말했다. 그럴 때면 우리는 잠시 심장이 멎는 것 같았다. 뻐꾸기시계를 수리하는 것은 연장을 들고 작업실에 앉아서 외부로 또는 내면으로 시선을 돌리는 것이다. 할아버지가 뭘 바라보는지 알 수 없지만, 틀림없이 눈앞에 보이지 않는 뭔가를 바라보는 할아버지만의 방식이 있다. 할아버지는 잠시 가만히 있다가 언제나 같은 말을 했다.

"아직 작동하지 않지만 이제 얼마 안 남았어."

오늘 할아버지가 그 말을 하는 순간 엄마 머리 위에서 빛이 반짝였다. 엄마 말을 듣고서 나는 그 빛이 무슨 의미인지 이해했다.

"아마 조금만 더 기다리면 시계가 작동할 거예요."

"시계가 어떻게 혼자서 고쳐진다는 말이냐?" 할머니가 초조하게 물었다. 왜냐하면 할아버지가 작업실에서 아무 말도 안 하고 지내는 순간이 할머니에게는 가장 초조했기 때문이다.

"엄마, 그런 말이 아니에요."

그러자 엄마의 빛이 할머니의 이마를 향해 날아갔고 할머니가 갑자기 침착해졌다. 나는 빛이 날아가는 길을 따라갔다. 갑자기 또 한 사람이 그 빛을 따라가는 것을 보았다.

할아버지였다. 나는 클론들처럼 묘한 미소를 지었다. 할아버지도 나에게 같은 미소로 답해주었다.

하루가 지났다. 일요일이 되었다. 엄마와 그 빛은 일찍 일어나서 다림질 방에 틀어박혔다. 엄마와 빛 중 누가 뻐꾸기시계를 수리했는지 모르겠다.

그다음에 엄마와 할머니는 주방으로 가서 논쟁을 시작했다. 두 분이 다투는 것이 아니라고 말하는 그 대화에 나도 처음으로 끼어들었다.

“내가 시계에 대해 아는 것은 모두 다 아빠한테 배운 거예요. 그러니까 아빠가 고친 거나 다름없어요.”

“저도 배우고 싶어요, 엄마.”

“잔, 할아버지 뭐 하시나 가봐라.”

거실에는 아무도 없었다. 아빠는 신문을 사러 나갔고 할아버지는 이미 작업실에 계신 것 같았다. 나는 어떻게 해야 할지 몰라서 가만히 서 있었는데, 열 시가 되자 뻐꾸기시계가 열 번 울렸고 바로 그때 아빠가 열쇠 구멍에 열쇠를 넣는 소리가 들렸다.

열 번째 뻐꾸기 소리가 울릴 때 세 개의 문이 동시에 열렸다. 밖으로 나 있는 문과 주방의 문, 그리고 다림질 방의 문이었다. 주방에 이상한 침묵이 깃든 가운데 우리의 눈빛이 마주쳤다. 할아버지의 눈빛은 승리의 눈빛이었다. 아빠의 눈빛은 믿을 수 없다는 눈빛이었다. 엄마의 눈빛은 만족

감이었다. 할머니의 시선이 나를 강하게 사로잡았다. 열 번째 뻐꾸기 소리가 흩어져버렸다. 그때 할아버지의 외치는 소리가 들렸다.

"고쳐졌어!" 할아버지가 트로피를 번쩍 들듯이 손으로 시계를 들어올렸다. "내가 얼마 안 남았다고 말했잖아."

"밤에도 울어요?"

아빠의 질문으로 교차된 시선의 그물이 부서졌고 뻐꾸기 노래의 메아리도 사라졌다. 대신에 다섯 사람의 웃음보따리가 똑딱거리듯 정확한 리듬에 맞춰 울려 퍼졌다.

할아버지가 지켜보는 가운데 아빠가 내 책상 위에 뻐꾸기시계를 다시 걸어주었다. 그 전에 엄마는 밤에 소리가 안 나도록 할 수 있는지 확인했다.

"이렇게 하면 되나?"

"완벽해요."

아빠는 연장들을 보관하러 갔다.

"열한 시가 되려면 얼마나 남았어요?"

"가만있어라, 잔. 시간에게 시간을 주어야지." 할아버지가 내 침대를 손으로 몇 번 두드렸다. "앉아봐. 우리 이야기 좀 하게."

엄마와 할머니는 다시 주방으로 갔다.

"너에게 해줄 이야기가 하나 있어, 그렇지?"

"할아버지의 버드나무 이야기요."

할아버지는 엄마가 마을 광장의 시멘트 바닥에 분필로 그림을 그렸던 그 나무에 대해 이야기해주었다.

"네 엄마가 열한 살이 되었을 때 이야기해주었지."

"그런데 저는 아직 열 살인데요, 할아버지. 열한 살이 되려면 석 달이나 남았어요."

"알아. 하지만 나에게 시간이 얼마나 남았는지 알 수 없구나."

나는 할아버지가 할아버지의 병에 대해 생각나게 하는 말을 하면 언제나 화가 났지만, 그때는 아니었다. 왜 그랬는지 모르겠다. 아마도 버드나무의 이야기를 알고 싶어서 마음이 급했기 때문이었던 것 같다.

엄마가 우리와 함께 산책했다. 동네의 나무를 모두 살펴보고 나무 그늘에 멈추었다. 우리는 느릿느릿 걸었다. 엄마와 나는 이 세상의 모든 시간을 할아버지에게 남겨주려고 아무 말도 하지 않고 침묵 속을 걸었다. 할아버지는 엄마와 나의 손을 잡고 고개 들어 나뭇가지들을 바라보았다. 할아버지가 멈추면 우리도 따라 멈췄다.

“내 버드나무가 어떻게 되었는지 이제 다 알지, 잔?”

할아버지는 우리 집 앞에 있는 플라타너스 그늘에 멈춰 서서 내 손을 놓았다. 그러나 엄마 손은 놓지 않았다.

“할아버지, 분필로 그려드릴 수 있어요.”

“기억은 반복될 수 없단다.”

“집에 분필 있어요. 여기, 현관 앞에서 그릴 수 있어요.” 엄마가 내 손을 잡고 할아버지 손을 놓았다. “분필 가지러 올라갈까요?”

두 손이 자유로워진 할아버지는 플라타너스를 향해 걸어가서 기댔다. 위쪽을 바라보고 나뭇가지 하나를 가리켰다.

“곧 내 방 창문에 닿겠네.” 엄마와 나는 서로 바라보았다. 할아버지는 론다에 있는 플라타너스에 대해 이야기하는 것이 아니었다. “그러지 마. 사람들이 너를 베어서 장작으로 만들어 버릴 거야.”

우리는 누구도 감히 할아버지를 막을 수 없었다. 할아버지는 기억의 캡슐 속에서 나무를 올려다본 채 둥지를 만지면서 안 된다고 말했다. 우리는 할아버지가 계속해서 그곳에 머물도록 가만히 있었다. 그러는 동안 우리는 맞잡은 손에 점점 세게 힘을 주었다.

"거기 우두커니 서서 뭣들 하는 거야? 뿌리를 내리겠구나! 자, 올라가자. 카테리나가 무슨 음식을 준비하나 보자!"

우리는 오늘 아빠가 요리하는 날이라는 말을 하지 않았다. 이미 뿌리가 내려졌다는 말도 하지 않았다. 우리의 손가락이 나뭇가지라는 말도 하지 않았다.

"시간 딱 맞춰 들어왔네. 방금 쌀에 물을 넣었어. 상 차려 줄래?"

앞치마를 두른 아빠가 긴 주걱을 들고 있었다. 우리를 구원하려고 온 아서왕이다.

할아버지는 안락의자에 앉아 있었다. 다시 할아버지의 캡슐인 버드나무의 기억 속에 들어간 것 같았다. 엄마도 그렇게 생각하고는 식탁보가 있는 서랍을 열었다. 우리 둘은 로봇처럼 식탁을 차렸다. 똑같은 생각의 샌드위치를 공유하는 만화에 나오는 두 인물 같았다. 할머니가 우리에게 말을 걸어서 우리는 만화에서 빠져나왔다.

"산책은 어땠어? 나무를 몇 그루나 끌어안았니?"

할머니는 부드럽게 말하려고 노력했지만, 긴장해서 차갑게 들렸다.

그러고 나서 엄마와 할머니는 주방에 단둘이 있는 것처럼 대화를 시작했다. 그러나 지금은 둘만 있는 것이 아니라 할아버지와 나도 함께 있었다. 엄마와 할머니의 이야기를 들으면서 나는 재빨리 할아버지의 눈빛을 살폈다. 멍한 눈빛이었다. 할아버지는 내면을 바라보고 있었다. 할머니와 엄마의 말을 듣지도 않고 할머니와 엄마를 바라보지도 않았다.

나는 엄마의 눈을 찾았다. 할아버지가 앞에서 이야기를 다 듣고 있다고, 그런 이야기는 문 닫고 들어가서 나누라고 말하고 싶었다. 그러나 엄마는 할머니와 할아버지 이야기를 하면서 눈빛으로 나를 진정시키려고 했다. 할아버지에 대해서, 우리의 산책에 대해서, 그리고 순간 할아버지의 버드나무가 되었던 플라타너스에 대해서 이야기했다. 나는 할아버지의 이름을 말하면서 하는 그 이야기들을 들을 수 없었다.

나는 아빠가 있는 주방으로 들어갔다. 빠에야에서 김이 새어나와서 앞이 보이지 않았다. 내 머릿속에서도 쌀알처럼 작고 단단한 생각들이 끓어오르고 있었다. 내 머릿속의 쌀알들은 익고 부드러워질 방법이 없었다. 나는 쌀알들이 할아버지의 머릿속에서 점점 더 서로 멀어져가는 모습을 상상했다. 그리고 아직 익지 못한 쌀알들이 엄마와 할머니의 머릿속에서도 분리되는 모습을 상상했다.

"자, 한번 먹어봐. 잘 익었는지, 소금이 부족한지 말해줘."

쌀이 잘 익었는지 아니면 너무 익었는지는 모든 사람의 의견이 같다. 그러나 짠맛에는 각자의 의견이 있다.

나는 할아버지의 접시 가까이에 소금병을 놓았다.

엄마가 저녁 식사 뒤에 설거지를 도와주었으면 했다. 나는 뾰로통하게 식탁을 치웠다. 빈 식기를 모두 다 싱크대에 올려놓자 엄마는 문을 닫으라고 하고 수돗물을 틀었다. 물이 흐르는 동안 나에게 우리가 아침 식사를 하는 의자에 앉으라고 했다.

"무슨 일이 있었던 건지 알고 있지?"

싱크대에 물이 차올랐고 나는 엄마가 이야기를 시작하려 한다는 사실을 알았다.

"언제요?"

"집 앞에서 말이야. 잔, 할아버지와 플라타너스."

"엄마……."

"말을 해야 해."

"할머니와 이야기하는 거 들었어요."

"알아. 네가 우리가 하는 말을 들었으면 했어. 너도 알아야 해……."

"할아버지 이름을 말하면서요."

"잔, 화를 내면 안 돼."

"알고 있어요. 병 때문이잖아요."

"아직 모르는 것이 있단다."

엄마가 수돗물을 잠갔다. 싱크대에서 김이 올라와서 주

방의 유리창이 흐릿해졌다. 엄마와 나는 더는 분리될 수 없었다. 엄마가 내 눈을 바라보았다. 내가 마음을 열고 조용히 엄마 말을 들을 준비가 될 때까지 기다렸다. 그리고 이야기했다.

이제 모든 것을 알았다는 사실을 내색하지 않으려고 했다. 나는 할아버지와 눈을 마주치지 않고 고개를 숙인 채 주방을 나왔다. 할아버지는 안락의자에서 자고 있었다. 아빠와 할머니는 뉴스를 보고 있었다.

나는 내 방으로 갔다. 내가 느낀 감정이 슬픔인지 화인지, 아니면 둘 다였는지 모르겠다. 방문을 닫고 뒤편에 있는 거울을 보고 나라는 사실을 알았다. 분명히 보았다. 나였다. 나는 잠시 나를 바라보았다. 나였다. 나였다. 나였다. 어떻게 그걸 모를 수 있단 말인가? 어떻게 그걸 잊을 수 있단 말인가?

"먼저 기억을 잃어버릴 거야. 그다음에는 나를." 할아버지가 그렇게 말했다. 엄마가 나에게 이야기해준 것들 모두 다 이미 알고 있었다. 하지만 할아버지는 기억 안에 우리가 있다고 말했다.

거울 속의 아이가 슬픈 표정을 지었다. 이제 내가 아니다. 너무 오래 나를 바라보았다. 어쩌면 할아버지에게 그런 일이 일어난 건지 모르겠다. 병 때문에 너무 많이 자신을 바라보았다. 내면으로 들어가서 너무 많이 바라보았다. 너무 많이 바라보아서 지워지는 거다. 하지만 자신을 바라보지 않는다면, 전혀 자신을 바라보지 않는다면, 우리가 누구인지 어떻게 알 수 있을까? 거울에 비친 모습을 보고 어떻게 알아볼 수 있을까?

나는 할아버지가 잠에서 깰 때를 기다려서 내 방에 가자고 했다.

"잔, 할아버지 귀찮게 하면 안 돼."

"다리 운동을 하는 게 좋아, 카테리나."

할머니의 이름을 말할 때마다 할머니의 향수 구름이 조금씩 부드러워졌다. 하지만 뜸들이지 않고 그 말이 나올 때만 그랬다.

"이리 와서 거울 앞에 서보세요. 매일매일 할아버지 얼굴을 봐야 해요."

"잔……."

"하지만 너무 오래는 안 돼요. 아셨지요? 그러면 못 알아보게 될 거예요. 1분이나 2분만 보세요."

"잔……."

"그리고 할아버지 옆에 있는 저를 보세요. 우리를 보세요."

"잔, 됐다."

할아버지가 내 손을 잡았다. 우리는 침대에 앉았다. 할아버지가 깊이 숨을 들이마시고 잠시 조용히 있었다. 말을 찾고 있다는 것을 알았다.

"잔, 나는 매일 거울 속의 나를 바라본단다. 여러 차례."

그제야 나는 할아버지가 각각의 사물들의 이름을 찾느라 입을 다물고 있었다는 사실을 이해했다. “매일매일 나를 바라본단다. 그리고 모두를 바라보지. 할머니를, 엄마를, 너를, 아빠를. 내가 제일 먼저 하려고 하는 일이야. 그런데 점점 더 피곤해지는구나.”

침대에서 나는 문에 달린 거울에 비친 우리의 모습을 바라보았다. 내 모습은 거의 보이지 않았다. 할아버지의 턱 밑으로 크게 뜨고 있는 눈만 보였다. 할아버지도 우리를 바라보면서 힘을 주어 내 손을 꼭 잡아주었다.

“여기서는 네 얼굴이 안 보이는구나.”

11장

그다음은 나

이야기는 그만 들려주세요

할아버지는 거울에서 달아나기 시작했다. 할머니의 구름은 매일 조금씩 부드러움을 잃어갔다. 엄마는 우리 눈을 똑바로 바라보면서 마치 엄마 학교에서 가장 공부 못하는 학생에게 말하듯 한마디 한마디 반복해서 말했다. 아빠는 우리 모두를 웃게 하려고 애썼다. 지치지 않았다. 할아버지와 십자말풀이를 하고 할머니와 저녁 식사를 준비했다. 다른 때보다 더 많이 엄마를 안아주었고 나에게는 매일 밤 비행기 이야기를 들려주고 싶어 했다.

"이제 더는 이야기 안 들려주어도 될 것 같아요. 혼자 읽고 싶어요."

"물론이지."

"하지만 언젠가 듣고 싶어지면……."

"그래, 언제든."

"아마 이제 제가 다 큰 것 같아요."

"아마 그럴 테지. 하지만 이야기를 듣고 싶다고 해서 어려지는 건 아니란다."

"알아요. 할아버지가 선물해주신 우화집을 읽고 싶어요. 할아버지가 더는 들려줄 이야기가 남아 있지 않다고 하셨어요."

"이미 너에게 너무 많이 들려주셨지."

"할아버지가 기억하는 이야기를 모두 다……."

아빠가 일어나서 내 머리를 쓰다듬고서 마치 내가 아빠 아들이 아닌 듯 나를 바라보았다.

"무슨 일이 있든 어린이가 되기를 그만두어서는 안 돼. 나는 다 자랐지만, 여전히 어린이거든."

그 말은 다시 한번 나를 웃게 했다.

어린이 되기

내가 어떻게 하면 어린이가 될 수 있을지 기억하도록 아빠와 엄마는 나에게 이틀 동안 모세네 집에서 지내라고 했다. 처음에는 두려웠다.

"그런데, 할아버지는요?"

"할아버지에게 아무 일도 일어나지 않을 거야."

"언제 돌아와요?"

"이틀만. 잔, 그때도 지금처럼 똑같이 계실 거야."

부모님이 나를 너무 뚫어지게 바라보아서 내 눈에 부모님의 눈이 다 들어가지 않을 것 같았다. 나는 방으로 가서 가방을 챙겼다.

"우화집은 놓고 가."

"하지만 엄마……."

"잔, 가서 책 읽지 말고 신나게 놀아."

엄마도 어린이가 되어 모세네 집에서 신나게 놀고 싶은 것처럼 보였다. 할아버지를 보지 않고.

우리는 공놀이를 하러 나가고 싶었다. 하지만 너무 세차게 비가 내리기 시작해서 모세의 엄마는 우리보고 집에 있으라고 했다.

“여기서 놀면 돼.”

“무슨 말이야. 공간이 없잖아!”

“우리 할아버지는 이 거실보다 더 작은 공원에서 공놀이를 하셨대. 기억 안 나?”

“아, 맞다.”

“그리고 한가운데에 나무도 있었대.”

“아니야, 나무는 하나도 없었어.”

“나무가 한 그루 있었어…….”

모세의 엄마가 보드게임을 한가득 들고 오다가 내 말을 듣고서 소파 팔걸이에 앉아 내 이야기에 귀 기울였다.

“나무 한 그루라고? 그 작은 공원에?”

“잔, 우리에게 이야기해줘.”

“버드나무가 한 그루 있었어요. 할아버지의 버드나무. 비가 세차게 내렸던 그날까지는…….”

“비는 나무들에게 좋은 거야!”

“모세, 잔이 이야기하도록 해주자.”

“빌라베르에 무척 강한 폭풍우가 있었어요. 몇 시간 동안 거센 비가 내려서 거리는 강이 되었고 아주 세차게 천둥 번개가 쳤어요. 그런데 번개 하나가…….”

“그렇게 작은 공원에? 말도 안 돼!”

모세의 어머니는 모세의 어깨에 손을 얹고 조용히 하라고 했다. 나는 할아버지의 버드나무에 상처를 준 번개에 대해 이야기했다. 옛이야기인 것처럼, 할아버지가 그랬던 것처럼, 무척 세밀한 내용까지 신경 쓰면서 천천히 이야기했다.

폐렴

할아버지가 열한 살이었을 때, 어느 날 할아버지는 방 창문으로 비가 내리는 모습을 바라보고 있었다. 구름 속에서 폭우와 번갯불이 할아버지의 버드나무를 내리칠 듯이 쏟아지고 있었다. 틀림없이 할아버지의 어머니도 밖에 나가서 놀면 안 된다고 말했을 것이다. 나무가 몇 초 동안 번쩍였다. 그다음에는 나무 타는 냄새가 났고 연기가 났다. 그리고 천둥이 쳐서 바닥이 흔들렸다.

할아버지가 두 계단씩 성큼성큼 내려가서 거리로 나갔을 때 여전히 집이 흔들리고 있었다. 누구도 할아버지를 막을 수 없었다. 공원으로 나간 지 몇 초도 안 되어서 할아버지의 온몸이 흠뻑 젖었다. 할아버지는 상처가 나고 몸통이 반으로 쪼개진 버드나무를 끌어안았다. 나무의 반은 바닥으로 떨어질 지경이었고 나머지 반은 기적적으로 버티고 있었다. 할아버지는 울었다. 하늘도 할아버지처럼 눈물을 쏟아냈다.

할아버지의 아버지는 할아버지를 찾으러 나갔다. 버드나무에서 아들을 떼어내는 데 너무나 힘이 들었노라고 여러 번 이야기했었다. 뿌리를 내린 것 같았다고 했다. 땅은 이제 더는 흔들리지 않았지만, 할아버지는 추위에 떨고 있었다. 겨울이었다. 할아버지는 봄이 올 무렵까지 폐렴에 걸려서 밖에 나가지 못했다. 너무나 허약하고 말라서 살아난 게 기적이라고 했다.

할아버지는 나무가 자신을 낫게 해주었다고 말했다.

나뭇가지

열이 나서 여러 날 동안 침대에 누워 있느라 시간 개념도 잃어버렸을 때 창문을 두드리는 소리가 들렸다. 어떻게 일어났는지 알 수 없지만, 할아버지는 힘들게 몸을 일으켜 창문을 열었다. 버드나무의 나뭇가지 하나가 창문 밖에서 할아버지를 기다리고 있다가 신비롭고 따뜻한 바람의 도움으로 할아버지의 손가락을 감았다. 부드럽고 따뜻한 온기가 팔을 타고 올라와 할아버지의 가슴을 가득 채웠다.

할아버지의 버드나무가 할아버지를 치료해주었다. 반만 남은 할아버지의 버드나무는 번개 때문에 꺾여서 할아버지의 방 창문 쪽으로 휘어져 있었다. 할아버지는 그 나뭇가지가 초록 잎의 손 같았다고 말했다. 나뭇잎은 손가락이었다. 초록 손가락이 할아버지 손가락을 잡았는데 갑자기 찬바람이 불더니 손가락 사이에서 달아났다고 했다.

그 신비롭고 따뜻한 바람은 곧 찬바람이 되어서 방문을 세게 흔들었다. 그러자 할아버지의 어머니가 와서 창문을 닫고 근심 어린 잔소리를 늘어놓으며 할아버지를 재워주었다.

그러나 버드나무는 되돌아왔다. 다시 창문을 두드렸다. 너무 세게 두드려서 창문이 부서졌다. 그러자 나뭇가지가 할아버지 방으로 들어와서 노란빛의 잎 다섯 개를 침대 이

불 위에 남겨 두었다.

다음 날 할아버지는 열이 내렸지만, 유리창은 네 개의 못이 박힌 나무판으로 바뀌었다. 그래서 두 사람이 톱을 들고 와서 반만 남은 버드나무를 자르는 모습을 할아버지는 보지 못했다. 나뭇잎 손으로 할아버지를 낫게 해준 버드나무를.

그루터기는 기억을 지녔다고 할아버지는 말했다.

할아버지가 거리로 나와 햇볕을 쬘 만큼 회복되고 튼튼해질 때까지 그루터기는 공원 한가운데에서 할아버지를 기다리고 있었다.

나뭇잎 손이 할아버지를 낫게 해주었다. 나뭇잎을 만진 다음에 열이 떨어졌다. 할아버지는 공원 한가운데에 있는 그루터기로 천천히 다가갔다. 여전히 바닥에 드리운 어두운 버드나무의 그림자가 보였고, 나뭇잎들이 바람에 부딪쳐 속삭이는 소리가 들렸다. 그러나 곧 태양이 모든 것을 삼켜버렸다. 햇빛과 나무의 침묵만이 남았다.

할아버지는 그리 크지 않은 그루터기 앞에 멈추어 섰고, 바람이 여윈 할아버지의 종아리를 두드리며 '앉아'라고 말했다. 할아버지는 그루터기에 앉았다.

그루터기에 앉는 것은 나무 속으로 들어가서 나무가 본 모든 것을 보는 것이다. 시간을 멈추고 그 안에서 할아버지의 내면과 우리의 내면을 보는 것이라고 할아버지는 말했다. 버드나무 그루터기는 열한 살 어린아이에게는 나무판에 지나지 않았다. 그 나무가 보았던 모든 것이 그 공원에 녹아 있었다. 하지만 할아버지에게는 60년이 지난 지금도 마치 오늘인 듯 생생하게 살고 있었다. 그리고 이제 나는 그 순간을 되살리고 있다.

"내일은 이 그루터기를 뽑아버릴 거다."

"하지만 여기 이렇게 있으면 안 돼요, 아빠?"

"이렇게 두면 네가 이 모습으로 기억하게 될 거야."

할아버지는 일어나서 어린 그루터기를 손으로 만져보았다. 그러자 버드나무는 상상 속에서 되살아났다. 빌라베르의 구석진 곳에서 잔잔한 바람에도 춤추는, 나뭇잎이 무성한 버드나무가 되었다. 바닥은 손가락 같은 노란 나뭇잎으로 뒤덮여 있었다.

시멘트

할아버지는 자신의 방 창문이 나무판으로 계속 덮여 있었으면 했다. 아버지가 마을 사람들과 함께 할아버지의 버드나무 그루터기를 뽑아내는 모습을 보고 싶지 않았기 때문이다. 나뭇잎 하나 없이 뽑힌 그루터기는 공원 구석에 있는 나뭇가지들 더미 위로 처박힐 것이다.

"겨울에 쓸 땔감이다."

추위가 늦게 왔고 버드나무 땔감은 마치 떠나고 싶지 않은 듯 이상한 연기를 피웠다고 할아버지가 말했다. 할아버지의 어머니는 연기가 나가도록 집 안 창문을 모두 열어야 했고, 난로가 고장 났다고 생각했다. 옥상으로 뛰어 올라간 할아버지는 굴뚝이 다른 나무 그루터기를 사라지게 하는 또 다른 나무 둥지라고 생각했다.

그루터기가 남겨 놓은 구멍은 'O'처럼 둥근 모양이었는데 곧바로 흙으로 덮였고 며칠 뒤 시멘트로 발라서 공원 전체가 빛 바랜 연기처럼 연한 회색빛을 띠게 되었다.

시멘트 바닥에 발을 대고 돌 벤치에 앉아서 할아버지는 매일매일 온 힘을 다해 버드나무를 기억했다. 처음에는 머리에서 그루터기와 구석에 쌓여 있던 땔감의 모습을 떨쳐낼 수 없었다. 그다음에는 휘어진 나무와 반으로 쪼개진 나뭇가지들, 번개로 상한 나무 둥지의 모습이 떠올랐다. 그러나 며칠이 더 지나고 난 뒤 가장 멋진 버드나무의 모습을 떠올릴 수 있었다. 무성한 나뭇잎이 뒤덮여 나뭇가지가 조용히 흔들리는 초록색의 꼿꼿한 버드나무였다.

"아마 네가 버드나무를 그린다면……."

할아버지의 아버지는 색색의 분필 상자를 가져다주었다. 그때 열한 살의 할아버지는 식사 시간 때마다 초록색으로 뒤범벅이 된 손가락을 하고 식탁에 앉았다.

모세와 모세의 엄마가 박수를 쳐서 내 얼굴이 빨개졌다.

"잔, 우리에게 옛이야기를 해준 거야?"

"이야기가 아니야. 실제 있었던 일이야."

"화내지 마. 모세 말은 네가 들려준 이야기가 정말 좋았다는 말이야."

그 이야기가 할아버지의 이야기였다는 말은 하지 않았다. 이제 내가 할아버지의 이야기를 간직하고 있다.

나의 버드나무

점심을 먹고 수영장에 가기 전 모세는 막간을 이용해 곤충이 나오는 영화를 보자고 했다. 나는 아직 놀란 상태였다. 왜냐하면 내가 버드나무 이야기를 끝냈을 때 비가 멎었고 모세와 모세의 어머니가 박수를 치는 동안 햇빛이 나를 비춰주었기 때문이다.

화면에는 몇몇 개미들이 설탕 덩어리를 운반하고 있었다. 나무가 무성한 풍경 앞에 무당벌레 한 마리가 개미들을 인도하고 있었다.

엄마가 원했던 것처럼 나는 아이가 될 수 없었다.

할아버지가 나무라고 생각했다. 버드나무는 번개로 상처를 입었다. 그리고 나무도, 그루터기도 남아 있지 않게 되면 나도 할아버지를 그리려고 내 손가락을 초록색 분필로 물들일 것이다.

어떤 편지도 없었다

나의 삶이 소설이었다면 할아버지가 돌아가신 다음 날 엄마나 할머니가 할아버지의 편지를 나에게 주었을 것이다. 여러 가지 충고와 무척 감동적인 작별 인사가 담겨 있어서 주인공이 어떤 의문이 생길 때마다 기억하고 자식과 손자들에게 기회가 될 때마다 이야기해주는, 그리고 어느 날 그 역시 작별의 편지를 쓰게 될 그런 편지 말이다.

그러나 실제 삶에서는 감동을 주는 문장이 담긴 작별의 편지는 없었다. 그래도 할아버지는 살아계신다. 여전히.

할아버지는 아무 편지도 남기지 않았다. 왜냐하면 이미 몇 달 전부터 조금씩 나에게 작별인사를 했기 때문이다.

나무의 기억

모세는 금세 잠이 들었다. 우리는 말을 많이 하지 않았다. 수영장에서 나는 아이가 될 수 있었다. 물속에서 놀면서 모든 생각들이 지워졌다. 그러나 잠자리에 들자 모든 것이 제자리로 돌아왔고 순간 나는 기억하고 싶지 않다고 생각했다. 내가 어떻게 잠이 들었는지 모르겠다.

갑자기 나는 침대에서 벌떡 일어났다. 누군가 나를 부르는 소리가 들렸다. 나는 발코니로 나갔다. 론다의 플라타너스의 구멍에서 빛이 보였다. 나는 잠옷만 입은 채 맨발로 계단을 내려갔다. 나를 불렀던 목소리는 나무에서 나왔다. 거리는 텅 비어 있었다.

플라타너스 구멍 안에 할아버지가 있었다. 어떻게 거기에 들어갔는지 모르겠다. 빛은 할아버지가 마치 전구처럼 두 손으로 꼭 잡고 있던 시계에서 나왔다.

"잔이냐?"

"할아버지, 거기서 뭘 하세요?"

"잔, 맞니?"

할아버지의 시계에서 나오는 빛 때문에 눈이 부셨다. 색색의 빛 얼룩이 보였고 똑딱거리는 소리가 너무 커서 귀가 멀 지경이었다.

"네, 저 잔이에요."

"이리 들어오렴."

"좁아서 들어갈 수 없어요."

"이 구멍은 모든 것이 다 들어간단다. 나무의 기억이야."

"그런데 그 똑딱 소리는요?"

"들어오면 안 들릴 거다."

나는 들어갔다. 어두워졌다. 똑딱 소리도 잠잠해졌다. 그리고 론다의 플라타너스 구멍이 닫혔다.

나는 거리에 혼자 있었다. 잠옷 차림에 맨발로. 발은 빛이 바랜 연기 같은 회색 바닥 위에, 머리는 목재가 되어버린 나무의 침묵 속에, 가슴은 나의 버드나무가 된 할아버지의 기억으로 꽉 차 있었다.

그때 집 창문이 깨진 것을 보았다. 플라타너스 나뭇가지였다. 그러나 할아버지는 기억은 반복될 수 없다고 말했었다.

그리고 나무가 죽을 때에, 그루터기는 젊음을 되찾는다.

조셉 카르네르

티나 바예스

작가이면서 번역가이자 편집자.
카탈루냐어로 된 단편소설을 소개하는 웹사이트 「유리 종이Paper de Vidre」의 공동 운영자이며 어린이 청소년 문학 팟캐스트를 진행하고 있다.
가장 개성 있는 카탈루냐 문학가로 인정받고 있으며, 성인을 위한 작품으로 『라발의 비행기』와 2013년에 메르세 로도레다 소설 문학상을 수상한 『독주 한잔과 가장 긴 훈계』 그리고 『바르셀로나에 온 비둘기 선생님』이 있다.
『나무의 기억』은 2017년 아나그라마 문학상을 수상했으며 곧 세계적인 베스트셀러가 되어 20여 개 언어로 번역되었다.

옮긴이 김정하

한국 외국어 대학교와 대학원, 스페인 마드리드 콤플루텐세 대학교에서 스페인 문학을 공부했다. 스페인어로 된 좋은 책들을 우리말로 옮기는 일을 한다. 옮긴 책으로 『남극의 아이 13호』, 『고장난 하루』, 『그리고 바람이 불었어』, 『내 사랑을 반대합니다』 등이 있다.

나무의 기억

펴낸 날 초판 1쇄 발행 2024년 8월 30일
지은이 티나 바예스 **옮긴이** 김정하 **펴낸이** 김숙진 **책임편집** 김숙진 **디자인** 손현주
펴낸곳 삐삐북스 **출판등록** 2020년 7월 16일 제2021-000293호
주소 서울시 마포구 모래내로1길 17, 911호
전화 편집부 070-7590-1961 마케팅 070-7590-1917 **팩스** 031-624-1915
전자우편 p_whale@naver.com
ISBN 979-11-971451-4-8 03870